主编 凌翔　　　当代

乡土恋歌

郭世明 著

民主与建设出版社
·北京·

© 民主与建设出版社，2020

图书在版编目(CIP)数据

乡土恋歌 / 郭世明著 . —北京：民主与建设出版社，2020.2
ISBN 978-7-5139-2941-7

Ⅰ.①乡… Ⅱ.①郭… Ⅲ.①散文集—中国—当代 Ⅳ.①I267

中国版本图书馆 CIP 数据核字（2020）第 033535 号

乡土恋歌
XIANGTU LIANGE

著　者	郭世明
责任编辑	周佩芳
封面设计	陈　姝
出版发行	民主与建设出版社有限责任公司
电　话	（010）59417747　59419778
社　址	北京市海淀区西三环中路 10 号望海楼 E 座 7 层
邮　编	100142
印　刷	唐山楠萍印务有限公司
版　次	2020 年 7 月第 1 版
印　次	2020 年 7 月第 1 次印刷
开　本	710 毫米 ×1000 毫米　1/16
印　张	13
字　数	200 千字
书　号	ISBN 978-7-5139-2941-7
定　价	39.80 元

注：如有印、装质量问题，请与出版社联系。

一曲深沉的乡土恋歌
——读郭世明散文集《乡土恋歌》
何育锋

乡土情结是人类共同的心理情感，因而乡愁就成了文学中永恒的主题。而中国人的乡土情结又好像格外突出，可以说是与生俱来的文化情怀，成语故土难离、安土重迁、乡音难改、梦呓乡语、背井离乡、落叶归根等等，表达的都是这种情怀。要说古往今来抒写乡愁的各种文学作品，则更是举不胜举，眼前郭世明先生的这部即将付梓的散文集《乡土恋歌》就是其中之一。

关于《乡土恋歌》一书的题材内容、思想情感、艺术手法等，第四辑中已有多位名家的解读和评论，读后深以为然，我就不再班门弄斧了，我想说的是书中所蕴含的文化意义。

我和世明先生都属于六零后的尾巴，如今已跨进"知天命"的行列，向前的动力日渐消退，"常思既往"好像已身不由己。近一二年来，在同学圈、朋友圈时常看到怀旧的诗词文章，我自己有时也不由自主地写一些。有时也想，我们为什么会回首再回首？我们到底在怀念过去的什么呢？是过去的贫穷和苦难，还是年少的无知与轻狂？肯定不是的，可又分明觉得我们的过去有的就是这些。在阅读《乡土恋歌》的过程中，我突然发现，我们怀念的是那个年代故乡农村原始的自然风貌、淳朴的民风民俗和纯而又纯的亲情乡情，是沉淀在我们灵魂深处的那份乡土文化的情结。而这些东西，随着城市化进程的日益加快和传统文化的日渐式微，离我们愈来愈远了。由此带来的心理上的巨大落差和情感上的苦闷彷徨，在如今这钢筋水泥的丛林中仿佛又无法稀释，于是便有了同学圈、朋友圈里的那些表达乡愁的诗词和文章，也便有了世明先生的这部散文集《乡土恋歌》。

《乡土恋歌》一书的内容非常丰富，既有从老一辈那里听到的往事，又有作者成长过程中耳闻目睹的和亲历的事件；既有家人亲戚，又有师友同乡；还有故乡的一山一水、一草一木。而所有的这些人事物都深深烙印着那个时代故乡的风土人情，我想这就是乡愁的无尽之源。对此，世明先生在文中也多有表达，比如："属于父亲的那个时代早已过去了。今天，父亲日渐老去，就像一张褪了色的照片，随着时间的流逝，早已失去了昔日的亮泽。但我和父亲依然还能清晰地记起这张照片曾经的辉煌！"（《生产队长》）"老屋，你是我家乡的记忆，灵魂的牵挂，更是我生命的根。"（《老屋》）"每次回乡下老家，路过老井旁，我总会深情地望上几眼。当年那口清澈甘甜的老井给我留下了许多温馨、美好的回忆，让我至今难忘记。"（《家乡的老井》）诸如此类的抒情差不多每篇文章中都有。

世明先生散文中的自然环境描写虽然不多，且往往是寥寥数语，但因为故乡早已烙在了他的心中，因而能以简洁的笔墨勾画出苏北农村的突出特点。比如："河宽大约三十米，河深处两三米不等。河水清澈透明，鱼虾可见，阳光下，波光粼粼、流光溢彩。""村西曾经有一片张家的沙果树园。春天时节，一望无际的沙果树，竞相开放，吐蕊斗艳，远观如银似雪，近看洁白如玉，素淡怡人，香气袭人，给人以圣洁之美。"（《家乡记忆》）"老屋的右前方曾经栽着一颗梧桐树，又高又大。夏天的时候，猪耳朵般的叶子，重重叠叠地挂满一树，绿意实在是太浓了，大有'梧桐分绿上窗纱'之韵味了。"（《老屋》）这些场景，虽然与我记忆中的故乡不大一样，但读着这些文字，依然能勾起我对童年少年时代故乡的回忆。

再看世明先生对当时故乡民风民俗的描写，比如："初一饺子初二面，初三饸子往家转；破五捏小人之日不拜年；正月十六遛百病""正月里，不剃头，正月剃头死舅舅"（《娘》）"记忆中的老屋墙壁上总是贴（挂）满东西……春天的荠菜、夏天的豆角、秋天的萝卜之类的晾晒干挂在老屋的墙壁上，等到冬季，没什么菜可吃的时候，就拿出来。"（《老屋》）"村子里，无论是老人还是小孩，对人都非常热情。如果有异乡人进村，不管走到哪户村民的家门口，他们都非常主动地和异乡人打着招呼。经常会问你从哪里来，到谁家里去，吃饭了没有之类的客气话，并且还会把你送到想去的人家。"（《家乡记忆》）再比如，大哥和大嫂经人介绍定亲后十年间，两人没有写过一封信，没有见过一次面，一直等到符合法定结婚年龄登记结婚时，才第一次见面，第二次见面便吹吹打打、热热闹闹的拜堂成亲了。我记忆中的故乡也有类似的风俗习惯，而其中有些事情，我估计现在苏北也很少见甚至消失了，但作者依然能够用文字清晰生动形象地把它们再现出来，唤醒我们久违的记忆，让我们在阅读的时候不由得有一种身临其境的感觉，感受到扑面而来的浓浓的乡土气息，这不能不说是一种文化的沉淀与记忆。

仗义、扶弱济贫、义务办学、修桥补路的外祖父；一心为公、不辞劳苦，带领乡亲们战天斗地的老父亲；谨小慎微、勤劳善良、尊老爱幼、一生忙碌的母亲和大嫂；还有尽职尽责、爱生如子、学识丰富、教学有方的好老师，等等。篇幅原因，不再一一细举。

总之,《乡土恋歌》一书，不仅仅是过往人物事件的简单回忆与记录，更是对渗入骨髓、融入血液的那种乡土情结的抒写。如果单从数量上看，文中此类文字并不很多，但它们却是文章的精华，是文章的灵魂所在。正是这些看似不起眼的东西，却宛如一曲深沉的乡土恋歌，触动了读者的灵魂，引发了读者的共鸣，从而使得这部书具有了不同寻常的阅读意义和文化价值。

"心中有爱，四季皆有诗意栖居，心中有暖，飘雪的冬季也会温情浪漫。"(《飘雪的日子》)山川草木，风土人情，深情款款，蕴藉无限。文中处处可见其有所思有所忆有所感，处处可见其对故乡的一往情深和一种挥之不去的淡淡乡愁，处处可见其素朴简约，自然流畅，余味悠长的文字。当然了，对文学作品的阅读与鉴赏，向来都是仁者见仁、智者见智，以上所述自然也是笔者的一己之见，不妥之处，敬请世明先生及读者批评指正！

目　录

第一辑　家乡入梦

娘　002

父亲　005

爹娘在故乡　009

我的外祖父　013

我的父亲　017

大嫂　021

老屋　024

老井　027

家乡入梦　031

故园香椿树　037

我爱马齿苋　040

早春飘来荠菜香　043

我的书房情结　046

年味　051

第二辑　故园咏怀

汉城荷花又飘香　056

沛之秋　059

秋之歌　062

飘雪的日子　064

安国湖湿地在等你　067
火树银花不夜天　073
梦幻周庄　077
登峄山　081
长白山行记　084
雨后赏牡丹　090
鸟啼知四时　092
母校食堂　094
母校情深　097
最是书香能致远　100
直待凌云始道高　105

第三辑　心曲至情

不忘文学初心　110
我的文学梦　114
徐培晨印象　118
师恩难忘　121
我的大学老师　124
吴锦印象　128
孟非印象　130
料得明年花更好　133
静待花开会有时　137
曾记得　141

第四辑　知音酬文

娘伴一生爱绵绵　146

娘，天下母亲的缩影　149

风景永远在路上　153

生活中的诗和远方　157

苏北乡村的历史画卷　161

师爱无垠传薪火　166

为时代见证，必为历史留存　169

浓浓的亲情　淡淡的乡愁　172

真爱生深情　妙笔谱华章　180

欲知故乡事　只需郭世明　188

第一辑　家乡入梦

娘

娘只有两个姐姐，没有兄弟。爹说，娘年轻的时候很漂亮，中等个子，大眼睛，心灵手巧，有着健康的古铜色肤色。我有三个姐姐一个弟弟。爹说，姐弟中，我精明能干，皮肤黝黑，那是我最大程度上遗传了娘的基因的缘故。

但娘最疼的不是我，而是小我三岁的弟弟。从很小就懂事的我根本也不记得对此有过什么怨言，因为我也是深爱着我可爱的弟弟的。记忆中，哪怕我们犯了成人眼里不可饶恕的错，娘也从来没有打骂过我们。娘或是把我们心疼地搂在怀里，动情地讲述娘小时候的事，或是用温柔的手抚摸着我们姐弟的头，语重心长地教育我们，最多是把手高高抬起，然后又轻轻放下，偶尔布满老茧的手掌也会落在我们的屁股上，我们却感觉不到疼。最后我们总会在娘那双闪烁着慈爱、温柔光芒的眼睛面前低下头，表示要痛改前非。

爹说，娘从小家教很严，上过几年学，也算是知书达理的人。娘自从嫁到家来，总是谨小慎微地过日子，在祖父、祖母面前都是谦恭卑微，从来就没有出过大气，抬起过头，唯恐说话不到，做事不周。在我们的印象中，娘从来就没有和妯娌们红过脸，更没有和邻居们吵过嘴、闹过别扭。

爹说，娘心里也有过委屈。我的大娘也就是娘的亲嫂子是个精明能干而又有点争强好胜的人。爷爷奶奶去世后，大娘操持了大家庭的事务。老嫂比母嘛，大娘有时也会在娘面前颐指气使，行使当家做主的权利，不管娘有多忙，她都会让娘洗衣、舂米、做饭、纺纱、采桑、喂蚕，忙这忙那。娘心仁慈，能容忍，没有过怨言，从没有过一句伤人感情的话。大娘有四个儿子一个女儿，而在我和弟弟未出生时，娘只有我的三个姐姐。过去在农村，没有儿子是要被人指脊梁骨说话的。娘为此不知流了多少泪，受了多少气，在人面前总感觉到抬不起头。更有一次，大娘说娘没有儿子，想把二儿子过继给娘。娘真的生气了，但没有发作，只是一连两天没有出门，和谁也不说话，也不答话，只是流泪，哭自己命苦。后来，我和弟弟出生了。后来，三个姐姐都相继辍学了。后来，我们明白了娘为什么说就是砸锅卖铁也要供我们上学，要我们有出息的缘由了。

娘的心很细。小时候，我和弟弟贪玩好动，整天翻墙爬树、捅马蜂窝，经常会浑然无知中把衣服弄破。细心的娘总是会第一个发现然后按部就班地找到针线盒，穿好针线，把我们的衣服脱下来，拍打拍打后，就一针一针地缝补起来。有时我们为了能尽快出去玩非要穿着衣服让娘缝，这时，娘会找到一根草棒或席篾儿让我们放到嘴里，娘会边缝边念叨着："穿着缝，没人疼；穿着连，多人嫌。"其实这也不是说娘迷信，可能是为防止我们乱动，又怕手头没准星，钢针扎着我们吧；嘴里含根草棍，把注意力集中在草棍上，我们当然也就不会乱动了。娘真聪明。

我很小时候就从娘那里知道了许多民间风俗和美好的神话传说。什么初一饺子初二面，初三饸子往家转；破五捏小人之日不拜年；正月十六遛百病等等这些风俗习惯，至今依旧保留着；什么牛郎织女天河的传说、许仙白蛇水漫金山的故事等等至今还深印在我的脑海里。娘还告诉我们什么"正月里，不剃头，正月剃头死舅舅"等就是封建迷信，不可信。这是早年间剃头人为保留生意留下的话柄。娘还说，长久以来积累下来的旧的风俗习惯、"老例儿"和神话传说，有的固然有相当大的迷信色彩，但又不能全部简单地视为封建迷信，它也体现了劳动人民避邪趋吉、追求平安幸福的美好愿望和理想。娘从小就成了我的偶像，娘知道的真多！

娘真的老了，老的越来越像小孩子了。可能是我好久没有回家或者往家打电话越来越少的缘故吧，娘学会给我打电话了。娘在电话里总是不厌其烦地说着些"娘想你们了。什么时候带孩子们回来"，"后院的槐花开了，快来摘些带回城里吃"，"前院的桂花开了，可香啦"，"×家×家有病住院了，你有时间回来看看吧"等等，诸如此类的话。娘的耳朵聋得越来越厉害了，在电话里我只有大声喊着娘才能听到。其实电话里更多的时间是娘一个人在反复地唠叨着又好像是自言自语地说着相似的话。我不忍心打断娘的话，我老老实实做一名忠实的听众好了。

今天，我和弟弟都稍有点出息了，有了自己的理想和事业。如果说成长中，我学会了一点点克服困难的勇气、接人待物的和气，拥有了吃苦耐劳、严以律己宽以待人的品格——我是要真的感谢我的慈母，感谢我的娘！

父亲

时光荏苒，父亲今年已米寿之年（八十八岁高龄）了。父亲的身体却一天不如一天了。

3月29日，刚刚到常州参加江苏省职务任职资格跟岗学习的第三天，我突然接到了父亲病危的消息。我连夜买票返家，第二天一早就到了县人民医院。看到父亲躺在病床上，脸颊消瘦，颧骨高高凸起，不停地艰难咳嗽着，给人一种似乎一口痰吐不出来就有可能会背过气去的感觉。看到我来到病床前，父亲动了动，似乎挣扎着想坐起来，但没有成功。来医院时，我一再提醒自己要坚强，不要在父亲面前流泪。但当我看到病床上有气而无力的父亲时，我内心一阵酸楚，尤其是看到父亲那双孤寂落寞、浑浊无神的眼睛里留下了两行的泪水，我更是一阵揪心的疼痛，霎时间，泪水模糊了我的双眼。

姐姐说，父亲怕影响我的工作，一直不让告诉我入院的消息。入院第一天，由于疼痛，父亲不能平躺，身体只好一会儿蜷缩，一会儿侧睡，一会儿又要坐起来斜靠着，一整夜翻来覆去睡不着。第二天去厕所还得人搀扶着才能下床，佝偻着腰身，蹒跚着脚步，手扶着栏杆，迟缓地走着，距离不远的路，却走了好长时间。等到父亲回到病房，满脸是汗，连头发都湿了，整个人立刻瘫软在病床上，不断地呻吟。

父亲的病是胆管结石。医生说，父亲年龄大了，身体也不好，结石大，部位特殊，手术不能做了，接下来的一段日子要住院保守治疗：输输液，消消炎，缓解缓解疼痛。父亲躺在病床上输液，袋装的瓶装的，大瓶的小瓶的，消炎的、止疼的、营养的……好多都是叫不上名字的药。用药一直持续了二十多天，父亲的病情仍没有好转。

面对生命的衰老、逝去，我们总会感到无能为力。无常总是作弄人，转身之间，曾经把我们当宝贝，照顾过我们衣食住行的父母却成了需要我们惦记照料的对象了。

住院保守治疗期间，父亲病情发作了两次。而每次发作都会让人感到无所适从，都会让人感到揪心的疼痛。每当父亲清醒时，也许是怕我们担心、牵挂，不想在我们面前流露出任何痛苦表情来，父亲总是想竭力掩饰住身体的疼痛。这时，我们姐弟们更不敢在父亲面前流泪了。我们也总是说些安慰的话，装作很轻松的样子，尽管我们从医生那里知道：父亲不会随时有生命的危险，但生命时间也不会维持太久。

在父亲病重期间，有两位比父亲小十多岁，从小就很要好的邻居相继去世了，父亲一度情绪低沉，目光呆滞，总是低头，默默无语，不愿意和人有任何的交流。知父莫若子，我知道亲情之外还会有什么可以触动父亲那颗即将枯萎的心灵了。五十八年前，父亲做了生产队的队长。这是他一生引以为荣的骄傲。我跟父亲说，我要把这一段历史记录下来，让孩子们记住这段历史，父亲听了很高兴。当父亲看到我写的《做生产队长的父亲》文章后，又不厌其烦地给我们讲述自己过去任生产队长的一段经历。父亲老年时，很是热心家族的谱事，虽小学没有毕业，却两次倡修、主修了汾阳堂郭氏族谱，受到郭氏家族的好评。每每谈到过去生产队的往事和家谱有关的事，父亲就会来精神，有时甚至会滔滔不绝，眉飞色舞，精气神十足，完全不像一位病入膏肓之人。

　　人的生命有时是脆弱的，但有时又是非常顽强的。人在生命弥留之际，也许总会有一种生的欲望在支撑，在维持生命的继续。不知道从哪天起，也不知道什么原因，从不愿看病吃药的父亲也开始按时吃药、挂水了，也开始反复嘱咐姐姐们给他用好药挂好盐水做好吃的了。有一段时间，父亲还迷恋上了吃中药。有一次竟在电话里催促我抓紧去中医院配所谓的中药偏方，我还分明听到了父亲自言自语地说"不吃中药我就没命了"之类的话。

　　不知道是中药的神奇，还是我们的精心照顾，父亲的身体竟奇迹般地恢复了。父亲孩子般任性、倔强的情形却经常出现了，有时候，父亲还会耍耍小脾气，甚至"无理取闹"。二姐说，父亲越来越像一个"老小孩"似的了。是的，父亲曾经是家里的顶梁柱，今天却变成了一个要依赖我们的"老小孩"了。父亲好像离不开我们姐弟似的，一天不见哪一个子女他就要打电话，问什么时候来家里；有时还会以身体疼，胸口不舒服为借口催我们马上到他跟前。其实，我也知道，只要我们一到父亲面前，他所谓的疼痛、难受好像根本就不存在了。那是他在想我们呀。

　　父亲老了，活脱脱像个孩子，喜欢在我们面前"喜怒无常"了。有时不喂他吃饭，不吃；想陪他散步，不让；和他拉拉家常，不语。非但如此，他还时常会孩子般地对母亲和姐姐们发一些无名之火，脾气多变，不近常理。有一次我出差浙江学习期间，父亲还不忘给我打电话说："别忘了给我买好吃的。买蜂糕，买董糖……"母亲节那天，当父亲羡慕地看到儿媳妇给母亲买了一身新衣服时，父亲"还有我的新衣服吗"的一句问话惹得我们都哈哈大笑了起来。这时，父亲却从沙发上站起来，低着头，拿起一块西瓜，装作若无其事的样子走开了。

　　大姐说，孝顺，孝顺，要尽孝就要顺，让父亲顺心、舒心最重要！这样，我们姐弟（主要是三个姐姐）每天都要有足够的耐心来轮流换班照顾父亲的生活，哄他吃饭、让他喝水、喂他药，陪他看电视、听收音机，顺着他、迁就他。每天让父亲心平气和、开心、高兴成了我们的一项必修课。

　　浓情袅袅，牵绊一生。我们深深地爱着我们的父亲。

爹娘在故乡

以前，每次从老家回到县城，我总有一种写作的冲动。可是，最近一段时间，每次周末从乡下回来，我总是迟迟没有动笔的欲望。

其实我很清楚，更多的牵挂是在爹娘身上。

娘真的老了。娘有气无力地躺在床上，脸庞松弛黯淡，眼睛浑浊无神。看到我，挣扎着想起身，动了动但没有起来。嗫嚅着嘴唇，听不清说了些什么，只是轻轻抬起手，指了指床前的椅子。我明白，娘是想让我坐下。我强忍着泪水，内心一阵刺痛。娘饱经风霜的古铜色脸上早已布满了风雨岁月的皱褶，可粗心的儿女又何曾记得娘曾经的满头秀发何时已白发苍苍？

十八年前，七十三岁的娘得了一次大病，生命垂危。在县人民医院做了那次手术后，娘竟顽强地活了下来。也就是从那时候起，无论是大病还是小病，娘就再也没有患过一次，不可谓不是一次生命的奇迹。

前段时间，娘患了一次感冒，发了高烧。就是这次感冒发烧，差点要了娘的命。经过治疗病情虽有所好转，但娘却一连几天都不能下床走动，娘的性情也突然变得有些异常，整日说些别人不懂的话。

爹也苍老了很多。2018年是爹多灾多难的一年。因胆管结石的原因，四次住院，期间，爹受的痛苦无以言说。每次住院，都会有一次生命危险，医嘱、病危通知书每次都是少不了的。真的不知道是一种什么力量能支撑着爹顽强地活下来。病重的爹每次都会安排我和姐姐通知远在山西的弟弟回家来，可每一次弟弟都没能回来！一方面有他自身工作的原因，另一方面，也是我的意思：弟弟不要来，我和姐姐在家，能轮流伺候；一旦弟弟回来，爹想见到亲人的心愿也就完成了，爹可能会失去一种生命力量的支撑。不是说我迷信，也许爹完全康复的结果能说明点什么！

身体康复后的爹和娘仍不愿意离开乡下老家到县城随我们一起居住，两位九十多岁的老人就一直在老家相依为命生活着。近年，爹似乎没有过其他特别的爱好，只是喜欢打牌娱乐，尤其是去年身体康复后，几乎是天天和人一起打牌。和爹一起打牌的大都是一些七八十岁的老人，五十六十的也有。我对父亲打牌娱乐是鼓励的，而这，却也正是娘特别伤心所在。娘说："他们打牌，不知道休息，不知道按时吃饭。你爹可是九十岁的人呀。"娘的伤心有道理。娘是在担心爹的身体呀！

我和弟弟都在单位工作，端公家的碗服公家的管，身不由己，没有更多的时间去陪父母。就连娘这次生病，远在山西工作的弟弟也一直没能回家来陪陪娘。我住在县城，离乡下老家较近，每逢周末，我总要和妻子一起回乡下老家看看，陪陪娘和爹。不知道为什么，每每看到爹娘日益衰老的容颜，蹒跚的脚步，佝偻着的腰身，每每听到娘自言自语、又有些口齿不清，东一句、西一句地说着什么"老病，不要看了""拖累人，影响你们上班"诸如此类的话，一种酸楚的感觉总会在心里悸动，有时眼泪也会不自觉地流淌出来，无声地湿润着我苍老的面颊。

每次来到老家，心里总会有一种难以名状的感觉。后院早已破落得不成院落了！一米高的砖墙是父亲用旧砖摆成的；两间东屋早已没有了痕迹；三间堂屋还在风雨中顽强地站立着，却也早已残垣破壁，满目沧桑。"一棵干枯的老树横斜在老屋墙框上，一只猫安闲地趴在树杈间，屋顶已经坍塌，瓦片完全脱落，原本漆黑的两扇门早已没有了原来的颜色，门上的几处铁钉也都锈迹斑斑，墙体断裂处、瓦楞上许多枯草的断茎当风抖着，冬日的天空下，老屋愈发显得萧条和荒凉。这就是生我养我几十年的老屋！"（《老屋》）记忆中的家乡老屋不应该是这样的破败不堪和一片狼藉呀！

老屋曾是爹娘的婚房，也是我和姐弟们童年美好生活的回忆和成长见证。"老屋的一砖一瓦、一窗一椽、一栋一梁曾是那样的熟悉、温馨，伸出手，仿佛就可以触摸到老屋的温度，甚至每每出现在我的梦里也都是那样的清晰可见。"（《老屋》）在这里，母爱情深似海，父恩重比泰山，爹娘给了我们一个温馨有爱的家。这里有夕阳西下爹娘的声声呼唤，这里有爹娘望子成龙望女成凤的深深期盼，这里有游子佳节倍思亲的灵魂归宿。童年的懵懂，少年的无知，曾经的无忧无虑、天伦之乐、姐弟情深，留下过多少欢声笑语；曾经的理想壮志、心路历程，都是镌刻在我脑海中的美好画面和温馨记忆。

人是很奇怪的。生活在家乡时是不会有"家乡"或者"故乡"概念的，只有当你远离了故土，工作、生活在异国他乡，才会对生你养你的那片土地有了一种更加难以名状的眷恋和无法割舍的情感，才会"独在异乡为异客，每逢佳节倍思亲"，才会产生一种"别有一番滋味在心头"的"乡情"或"乡愁"的感觉。

也许今天的社会不再是"父母在不远游"的社会了。但，爹娘为儿女全身心付出一生，操碎了一辈子心，晚年了，难道不能得到应该的幸福吗？至少我们可以抽点时间，常回家看看，哪怕为爹娘做做饭，刷刷碗，陪爹娘说说话也好呀。我们总以为来日方长，还有明天，可与亲人相伴的机会真的会越来越少了。

  陪伴爹娘的这些日子,故乡熟悉的人,暖心的事,一切,都恍如昨日。亲人的点滴生活细节总像电影一般在我的脑海里幻化着,在我的心底涌动着,总让我情不自禁地回忆着,回忆着那难以忘怀的往事。

  是自己真的老了才会特别爱回忆起过去?特别爱回乡下老家?是,也许又不是,也许是因为故乡还在,故乡还有爹娘在!

我的外祖父

外祖父张公秀芝，字瑞馨。清穆宗同治十二年（公元1873年）出生，江苏沛县安国镇人。外祖父幼从名师就读，聪颖过人，敏而好学，博览经史，善音乐，好书法，深受先生和长辈钟爱。亲友闻知，齐声赞许，认为他勤勉好学，志向远大，"三四岁学唐诗习古文，五六岁书艺崭露头角，七八岁出语不俗"，将来学必有大成。

弃学从教，开办私塾。光绪同治年间（从公元1875年至1908年），列强入侵中华，国内连年灾荒，民不聊生。外祖父家虽为安国镇丁庄村大户，家庭在曾外祖父母"黎明即起，莫惮操作之劳；手胼足胝，不辞耕耘之苦。不数载，田称负郭，家道小康"。（《德教碑》）但由于人丁兴旺，人齿众多，外祖父和两个兄弟也只能"舌耕代读"。外祖父览古通今，学富五车，闲时弄笔，诉诸诗文，"虽就其学问抱负而论，即擢高科魁多士，殊非幸至。"（《德教碑》）然而，文章憎命，造化弄人，屡困场屋，终生不第。为养家糊口，外祖父不得不弃学从教，在沛北程子庙开办私塾多年。虽待遇菲薄，亦能兢兢业业，从未因田间耕作、家庭琐事贻误学生。他生性耿直，讲义气，从不向权贵低眉折腰。外祖父虽受孔孟等传统文化的影响较深，但也能接受资产阶级民主主义革命思潮，他对清末官场的腐败现象和社会现实深恶痛绝。

兴办新学，献身教育。光绪三十年（公元1904年），清政府在《奏定初级师范学堂章程》中规定："各州县于初级师范学堂尚未齐设之时，宜急设师范传习所，择省城初级师范学堂简易科毕业生之优等者分往传习。……其学生凡向在乡村市镇以教授蒙馆为生业，而品行端谨，文理平通，年在三十以上五十以下者，无论生童，均可招集入学传习，限定十个月为期。"光绪三十二年（公元1906年），沛县在沛城内歌风书院建县立师范传习所，学习年限为一年，两年后停办。外祖父参加了从日本留学归来的爱国志士李昭轩先生创办的首届沛县师范传习所，接受新式教育。传习所开创了沛县新式教育先河，迅速培养、补充了一大批优秀的小学师资。培训毕业后，外祖父顺应时代发展，鼎革教育旧制，又先后在左窑、苇园、码头等处开办新式学堂。外祖父把传统国学教育和现代新式教育内容、教学方法引进学校，重国文，强立品，以新知教人，以新思想育人，深受乡邻赞誉。外祖父一方面强调"穷苦人家的孩子更应该有享受教育的权利"，一方面对穷苦人家孩子的学费实行缓交或免交政策。外祖父每到一处学校，先进的教育思想和严格的学校管理理念都吸引了远近十里八乡的农家子弟前来就读。

德高望重，乐施好善。1912年1月1日，孙中山在南京宣誓就职，宣告中华民国临时政府正式成立，改国号为"中华民国"。临时政府废旧制，推行政体改革，外祖父因德高望重，被推举为泗亭乡议长，后又被推选为县参议员。县长、议长等问计于外祖父，常被其"忠厚谠言"折服；外祖父也常出入公署，既参与沛县各项事业的治理特别是教育事业的革新，又为乡邻排忧解难。"凡乡邻有争端者经其排解，无不乐从。"（《德教碑》）许多人不能解决的邻里纠纷，"得先生一言，即可敛息。"

家境虽不富裕，却能疏财仗义，扶弱济贫。常带领族人修桥补路，服务乡邻。

后军阀混战，战火四起，抓丁拉夫，乡邻苦不堪言。外祖父利用自己的声望和各种社会关系，多次保释无辜乡民和义勇志士，使其免受杀身之祸。及议会解散，外祖父仍致力乡村教育，兴办学堂，在离家较近的左窑村自任教员，自编教材，坚持义务教书达八年之久，深受乡邻赞誉，有着良好的社会口碑。

桃李不言，下自成蹊。日寇大举进犯中原，1938年5月，沛地沦陷，教育几乎瘫痪。外祖父不屈服于日寇淫威，不与日寇合作，归隐田园数年。期间，与前清沛邑拔贡赵锡藩、秀才张敬典等一度诗文交游，过往甚密，传为佳话。后来看到乡邻子弟苦于无处就读，外祖父自筹资金，在自己院门外建两间草房，开办学堂，招收本地贫家子弟，免征学杂费用。抗战胜利后，外祖父年虽七旬，仍精神矍铄，关心教育，诲人不倦。因对教育有功，外祖父受到政府嘉奖，被授予"教育英才"称号。县长苗宗藩亲自颁发木制"教育英才"奖牌一枚，手杖一根。

外祖父一生献身教育，因材施教，教学有方，赢得桃李满园。"凡蒙其教诲者，多升入中学或师范"，成为国家栋梁之才。原×空军航校师政委张兆升、原任贵州省总工会主席郭振明、原南京军区政治部副主任郝允侠的父亲老革命家郝心恬、沛县中学名师丁允祥、郝广修等都是他的学生。经外祖父的学生刘君开田先生倡导，众生及四方名流自愿捐资为其立德教碑一座，歌其功德，显于后世。时江苏省第九区行政督察专员兼保安司令冯子固（原沛县县长，在任时就非常重视教育）非常敬仰外祖父人品、学识，遂赞许为外祖父修建德教碑。碑由时任沛县警备营管带稷山县知事赵锡藩撰文、张敬典书丹。碑阳镌刻有资助者名姓。德教碑虽历经劫难，竟得以保存，后毁于十年动乱，又实属不幸。今虽经复建，碑文尚在，历史皆荡然无存，仍令人唏嘘不已。

五世同堂，三代书香。至重孙张兴中时，曾外祖母尚健在，五世同堂，其乐融融。外祖父执教杏坛，后辈子孙如守一、兆先、兆奇、兴中、兴民等又秉承家风传承，蒙其教诲，从事教育事业，数十年如一日坚守教育阵地，用理想与信念，责任和担当，演绎着一代又一代人民教师的故事。昔一家三代六人为师，献身教育，弦诵不绝，成为教育世家；今后世子孙向学上进，四人考取博士生、硕士生，皆能自强自立，不辱先人，令众乡人仰慕，皆称外祖父造化所致。

1959年10月，外祖父因病辞世，走完了其平凡而光荣的一生，享年八十六岁。外祖父一生献身教育，谋福乡邻，文明薪火得以传承，道德文章已为不朽。"云山苍苍，江水泱泱，先生之风，山高水长。"正所谓：爱众亲仁德荫桑梓，育英兴学品重芝兰。

我的父亲
——谨以此文献给大病初愈的父亲

匆匆的时光，奔流的水。不觉间，父亲已经八十八岁了。

八十八岁的父亲，最引以为自豪的是五十八年前他当上了队长，生产队的队长。

生产队长是1958年人民公社成立后农村出现的一个特殊职务（和今天村里的队长性质不同）。改革开放，农村实行联产承包责任制后，"生产队长"完成了时代赋予的历史使命，渐渐退出了历史舞台。

不要拿生产队长不当干部。那个时代，生产队长是农村最有威信、最有本领、最有经验的人；是最能流汗、最能奉献、最能起带头作用的人；是身先士卒、奋战在农业生产第一线，样样农活都拿手的好庄稼把式。

生产队长不是啥人都能当上的。除了业务要"专"，思想还得要"红"。父亲就是这样的人！除了样样农活都拿手，还是贫农出身，根正苗红，政治上过硬。所以，父亲二十多岁时就被选任为生产队长了。

父亲生产队管理经验丰富，能力不同凡响。父亲心能计时，不用看时钟就能准确地知道钟点；身能感气候，不用听广播就能知道今后几天的阴晴冷暖。每天天不亮，父亲就会起床，敲响挂在院墙外大槐树上的铸铁钟。"当——当——当"，洪亮的钟声，清脆而悠远，唤醒了沉睡的村庄，打破了昏睡的迷梦。钟声就是生产的号角，钟声就是战斗命令。听到出工钟声，男的女的，老的少的，纷纷拿起劳动工具，从村庄的北头、东头、西头，快速来到庄南头的生产队队部集合，等待父亲分工调派。

父亲开始发号施令、调兵遣将了：南窑地，出十辆平车、两辆牛车、三十个男劳力，挖渠筑路平整稻田；西大洼地，黄会计带着秀妮、荷花等十人给棉花打杈除草施肥；庄前地，庆平带十二人锄地松土，午饭前把中间小路整修好；饲养员永法，把饲料从粮管所拉来，豆饼切碎，拌匀……领工员、记工员各领任务，各负其责，奔赴各自的劳动场地。一天紧张的劳动开始了。田野里、小路上，刚才还一片空寂冷落，突然间，人欢马叫、人满声喧。你听，清脆的马鞭声、高亢的吆喝声、"咕噜噜"滚滚的车轮声、"噔噔噔"快跑的脚步声、用力推车时的"加油"声，还有飘荡在田野上空劳作时的快乐歌声……各种声音此起彼伏，交织在一起，热闹极了。

"双夏"大忙季节，也是父亲忙得不可开交的时候。防汛抗旱要未雨绸缪，夏收夏种两手都要抓都要硬。几百亩连片庄稼收割全凭村里老老少少——特别是要靠几十个劳力手中的镰刀，几百亩耕地翻种要靠牛耕马犁。父亲每天都得起早贪黑，披星戴月。天不亮就得挨家挨户催人出工；正午烈日下还得挥镰收割、担挑车运；劳作空隙还要到处查看干活的质量，对那些干活敷衍了事、消极怠工的极个别滑头鬼还要扣罚工分，批评教育；晚上还要和生产队核心组成员一起评工核算工分，根据收种进度谋划第二天的农活……一个月的农活每天就这样机械重复着。手磨破了，脚扭伤了，嗓子喊哑了，身子累坏了，可他隐忍着，从不叫苦、从不歇工。父亲知道，在这关键时刻，"村看村，户看户，社员看干部"，"喊破嗓子，不如甩开膀子"。

挖河工是父亲当年的必修课。挖河工居农村"四大累"之首，农村有"天不冷不挖河"之说。母亲说，父亲带领社员们干活，脏活累活总是带头干，从来不惜力，总有一股使不完的力气。寒风凛冽，滴水成冰的季节里，父亲都会干得汗流浃背，头上冒热气。你看，他刚刚脱掉了黄大衣，又接着甩掉了棉军帽，最后甚至连一副单手套也不戴了。裂满口子的双手紧握着铁锹，身体前倾，前腿弓，后腿蹬，一锹一锹挖个不停。脸上、身上溅满泥浆也浑然不知。一会儿，又直起腰，卷卷袖子，捋捋胳膊，活动一下手腕，或擦着挂在脸上的汗珠左右看看，或往长满老茧的手上唾上一口，搓搓手，又握起铁锹，弯下腰，准备再甩开膀子大干一番……工地上红旗飘扬，人山人海，劳动口号似春雷滚滚，此起彼伏，全家老少齐上阵，肩挑筐抬，你追我赶，场面惊心动魄。当年独特历史时期出现的挖河的独特场面在机械化耕作的今天再也难以见到了。

倔强、要强的父亲带领本队的乡亲，务实、肯干，不搞花架子，不跟着形式主义瞎起哄，一门心思地搞生产。当时，人们耕种庄稼，给农田施肥普遍采用施农家肥，还很难接受给田地施纯天然矿物质肥——磷肥等有机肥。为了给生产队搞到磷肥，从不会求人的父亲也学会了到徐州孟家沟找人托关系了。后来，徐州磷肥厂的磷肥发挥了作用，在分口粮时，别的生产队社员每人分十几斤、二十几斤，而父亲所领导的生产队的社员们每人却能领到近百斤小麦。丰产丰收的事实也改变了方圆十余里乡里乡亲们对磷肥的认识。参观的、学习的、托父亲买磷肥的，络绎不绝，农业现场会的召开更让父亲成了远近闻名的生产队长了。父亲和他的生产队班子成员多次在全乡农业先进表彰大会上披红戴花，父亲甚至还受到过市县领导的接见。

父亲一生公而忘私，身体力行，坚持原则，不徇私情。在中国一段特殊的历史期，父亲用二十多年最美好的时光，踏踏实实地践行了"心底无私，腰杆才能硬，说话才管用"的朴实人生价值观，完成了自己一段独特的历史使命。

　　时光易逝，逝者如斯。属于父亲的那个时代早已过去了。今天，父亲日渐老去，就像一张褪了色的照片，随着时间的流逝，早已失去了昔日的亮泽，但我和父亲依然还能清晰地记得曾经的辉煌！

大嫂

  大嫂是我堂哥的妻子。大嫂要活着今年也有八十四岁了。大嫂去世时七十三岁，也就是八年前的 2010 年去世的。

  大嫂是十里八村公认的好人。只是那个时候还没有公开评选中国好人。大家都说，如果有，大嫂肯定会当选中国好人。

  大哥说，大嫂是闫集马桥村吴姓人家的女儿。大嫂有两个弟弟一个妹妹，弟弟妹妹都上过学，大嫂没上，只是上过夜校，能识些字，会写自己的名字。在大哥七八岁时，我的大娘开始给他介绍对象了。女方就是和大娘娘家紧邻村子的女孩，也就是后来的大嫂。由于是亲戚和乡邻介绍，大哥和大嫂两家都很乐意。亲事就定了下来。十年间，大哥和大嫂没有写过一封信，没有见过一次面。大哥二十岁大嫂十八岁那年，他们正符合当时的法定结婚年龄，于是他们去了乡民政登记，这时才算是第一次见面。后来，第二次见面时，吹吹打打，热热闹闹，花轿迎亲，女孩与大哥拜堂成亲，从此成了我的大嫂。

  记得大哥曾开心地说过，年轻时，五里三村的人没有不说大嫂漂亮的。可见大哥对大嫂的长相是满意的。大嫂不仅长相漂亮而且心地还非常的善良。大嫂脾气好，好像不会生气似的，总是一脸笑意。在人面前，大嫂不喜欢说话，总是在听，好像她根本就不存在于说话人群似的。你要是和她单独交谈，她的话才会多起来，但也决不会絮絮叨叨，夸夸其谈。两面三刀，东家长李家短闲言碎语满天飞，大嫂更不会。不是一家人不进一家门，大嫂在家做事和大哥一样，不紧不慢，不急不躁，一板一眼是出了名的。但大嫂是个热心肠，如果谁家有个大事儿小事儿的，她就会及早赶过去，帮忙收拾收拾，剪剪缝缝，忙里忙外，忙得不亦乐乎。

大嫂一直都是家中的好劳力。不必说家里洗衣做饭，养鸡鸭，喂猪羊等家务活大嫂样样拿得起放得下，就连耕地除草，割麦打豆地里的活也都是大嫂出面。家里的活、田里的活，一年到头忙不完。酷暑难耐，玉米地除草松土；北风凛冽，起五更睡半夜，雪地里拾粪当基肥；和男人们一起挖过河工，和年轻人一起运过粪，但从没有见过她叫过苦喊过累。大嫂是个勤快的人，勤劳一生，默默奉献，再苦再累总在她心里。

公公长寿，去世时九十九岁。婆婆去世的早，公公脾气古怪，性子急，有时会动不动就发脾气。做儿媳妇的大嫂在公公面前总是谨小慎微做事，唯唯诺诺，逆来顺受，大气都不敢出。公公九十岁的时候，腰身佝偻得非常厉害，行动困难，需挪动凳子才能行走。后来，公公长时间卧床不起，大小便失禁，大嫂不怕脏不怕累，像女儿一样为公公擦洗身子，清洗衣服和被褥。因为大哥会裁缝的手艺，需挣点钱养家糊口，整日不能顾家，大嫂就尽着大哥的责任，任劳任怨，无怨无悔地伺候着公公的吃喝拉撒。

儿媳妇是街上大户人家的小女儿，从小聪明伶俐，能说会道。嫁到大嫂家后，精明能干的儿媳妇很快就撑起了这个家。内，母贤子孝，婆媳关系很是和睦。外，邻里关系，儿媳妇处理得得心应手，很受好评。

后来好像是因为妯娌之间的矛盾公开化了，再加上大哥说了几句向着自己女儿的话，家庭矛盾从此就爆发了。说是爆发，实际上婆媳关系没有受到多大的影响。因为大嫂是一个好人，从不会耍脾气生气，差不多一辈子都是在公公、儿媳妇面前整日地唯唯诺诺，唯公公、儿媳妇的脸色行事。就连在唯一的女儿结婚后都不能进家门的情况下，婆媳之间也没有红过脸，更没有争吵过（虽然大嫂为女儿婚后不能回娘家不知道偷偷哭了多少次），可见大嫂的脾气很是受儿媳妇的喜欢。

后来，儿媳妇得了脑血栓、糖尿病，落下了半身不遂，生活不能完全自理。由于儿子忙大队忙乡里的事，很少能顾家，两个孙子在外上学和工作又无暇照顾他们瘫痪在床的母亲。大嫂除了照顾年老体衰卧病在床的公公的饮食、生活不能自理的儿媳妇的母亲和一个有重度残疾的重孙子的生活外，儿媳妇每天的喝水吃药，每天的擦身洗被，每天的恢复锻炼……的责任又都落到了大嫂的身上。直到儿媳妇瘫痪在床三年后去世，七十多岁的大嫂还是没有一句怨言，还是默默地做自己该做的事。

家家都有一本难念的经。但大嫂把这本难念的家庭经念完了，念得很完美，尽管直到她去世时也没能享受到一天清闲和幸福的日子。大嫂是一位好人，一位默默奉献、无怨无悔的好人，她生前慈祥的面容里总透着一种善良、真诚和信任。大嫂虽然去世了，但她那种勤劳善良、尊老爱幼的中华美德一直在影响着她的孩子们。

老屋

　　父母亲年事已高，不愿随子女进城居住，仍执意在乡下老家居住着。近年，由于父亲身体欠佳，我回乡下老家看望父母的次数也多了。

　　父母现居住在我当年结婚生子的前院房子里。后院是一所近百年的老院，是父母和我们一起生活了几十年的地方。后院早已破烂不堪了，两间东屋早已没有了痕迹，三间堂屋也早已残垣破壁，满目沧桑，却还在风雨中顽强地站立着。

　　记忆中的老屋美好多了，完全不是这个样子！老屋的一砖一瓦、一窗一棂、一栋一梁曾是那样的熟悉、温馨，伸出手，仿佛就可以触摸到老屋的温度，甚至每每出现在我的梦里也都是那样地清晰可见。离开老家到县城工作近二十年了，但我会经常想起在那里生活的点点滴滴。老屋是我美好童年生活的回忆和成长见证。曾经的天伦之乐、姐弟情深，曾经的理想壮志、心路历程，都是镌刻在我脑海中的美好画面和温馨记忆。熟悉的人，暖心的事，一切，都恍如昨日。

　　刚开始，老屋是堂屋两间，东屋两间，砖基土墙草缮顶瓦压边的结构。祖父祖母建的。后来随着人口的增加和生活条件的改善，父母又在堂屋西边接了一间全砖结构的房子，并把原来两间堂屋也都统一换成了全瓦房顶了。新建的一间房子主要是由我和弟弟居住。

弟弟小我三岁，但比我懂事得多了。在我的记忆中我们俩好像从来没有因为争抢好吃的、好玩的、好穿的而红过脸、吵过架。相反，有什么好吃的、好玩的弟弟还会给我留着，他穿的衣服好多都是我穿过的。现在想想，当时真是愧对弟弟了。因为弟弟我流过一次悔恨的眼泪。那还是上小学的时候，一天晚上，我们两个在床上玩得兴奋起来，就用脚互相蹬踹着对方，突然，弟弟一声大叫，疼的停止了蹬踹但没有哭出声来。我赶忙问弟弟：疼吗？没事吧？弟弟说：没事的哥哥，不疼。第二天，我起得早，没和弟弟一起去上学。课间，我偷偷跑到弟弟的班级，发现弟弟没来上学。后来父亲告诉我说，发现弟弟离家上学时腿一瘸一拐的，脚踝肿得很高，就带他去了医院。听到这里，悔恨、难过的泪水瞬间充满了我的双眼。多么可亲可爱的弟弟呀！

记忆中的老屋墙壁上总是贴（挂）满东西。母亲是个勤快的人，会把春天的荠菜、夏天的豆角、秋天的萝卜之类的晾晒干挂在老屋的墙壁上，等到冬季，没什么菜可吃的时候，就拿出来。还有家里收的点芝麻、菜种子，亲戚送的点花生，母亲也会用袋子把它们装起来，用根绳子把它们系上也都挂在老屋的墙壁上。当然，最让父母自豪的是墙上还贴着很多我们姐弟的奖状。三姐学习很好，得了很多张奖状，但为了让我和弟弟能更好地接受教育，为了给家庭减轻压力，三姐到了高二时就辍学务农了。懂事的弟弟和我学习更加刻苦了，每年都会从学校拿来奖状，母亲也总会小心翼翼地把奖状张贴到老屋的墙壁上。

老屋的右前方曾经栽着一颗梧桐树，又高又大。夏天的时候，猪耳朵般的叶子，重重叠叠地挂满一树，绿意实在是太浓了，大有"梧桐分绿上窗纱"之韵味了。枝繁叶茂的梧桐树是否引来过凤凰不得而知，却能看到引来的无数鸟儿在枝丫间叽叽喳喳，飞来飞去。这些鸟儿呀胆子特别大，毫不顾忌在树下乘凉、嬉戏的我们，有时甚至会飞下来在我们面前和家养的鸡鸭一起觅食。后来，父亲还是把梧桐树刨了，给大姐打了一套嫁妆：大衣柜、衣箱、凳子、锅盖等。姐姐出嫁时，我八岁。那年我听父亲说过，梧桐树是四十年前父亲出生时栽下的。那年我还见到父亲刨树时曾偷偷落过泪。大姐说嫁妆用了几十年都没坏，更没舍得丢掉，因为满满的都是父爱。

前几年，新农村建设如火如荼。由于我们村里还没有规划，不少人家趁机建了漂亮的两层楼房。父亲也想重新翻建老屋，门窗也从县城旧货市场买好了。考虑到新农村建设的规划拆迁，老屋也似乎没有了修缮、改造的价值，加上我和弟弟的反对，老屋翻建就迟迟没有动工。近年来，身体大不如先前的父亲虽不再提老屋翻建，但仍能看得出来，父亲有时还会对着买来没用上排场的门窗发呆。有时候还会发现父亲一个人坐在老屋的门口，孤零零的，沉默不语，看着让人揪心。

今年春节回家，看到老屋，心里却阵阵心酸。记忆中的家乡老屋不是这样的破败不堪和一片狼藉呀！一棵干枯的老树横斜在老屋墙框上，一只猫安闲地趴在树杈间。屋顶已经坍塌，瓦片完全脱落。原本漆黑的两扇门早已没有了原来的颜色，门上的几处铁钉也都锈迹斑斑。墙体断裂处、瓦楞上许多枯草的断茎当风抖着。冬日的天空下，老屋愈发显得萧条和荒凉。这就是生我养我几十年的老屋！

老屋老了，院落更显空旷和寂寞。但老屋如同一坛陈年酒酿，愈老愈醇香；老屋是我灵魂深处的家，一艘永不沉没的诺亚方舟。"慈母手中线，游子身上衣"，乡音不改，玉壶冰心，心怀老屋，就不会忘本。游子冒严寒顶酷暑迎风雨千里迢迢回家，就是为了来看你呀，我的老屋。

老屋，你是我家乡的记忆，灵魂的牵挂，更是我生命的根。

老井

  家乡的老院子旁边有一口老井。

  老井有多老，好像没人知道。就连八十多岁的父亲和村里几个上了年纪的老人都记不清井是什么时候开挖的。

  井口青石围绕，高出地面二十公分。从井口望下去，井深七八米。白天能清晰地看到水面上的天空、人、树的倒影和坑坑洼洼的井壁上斑驳的绿苔，晚上还能看到闪烁的星星和皎洁的月亮。井沿边的青石被提水的麻绳勒出了一道道槽痕，也磨出了一段段尘封的岁月故事。

  小时候，学了寓言故事《坐井观天》后，孩子们就一门心思地想寻找井里那只观天的青蛙。年龄小，不敢站着低头向井里看，只好伏在井边青石上，双手紧紧扒住井边，把头慢慢伸过去，小心翼翼地观看着，丝毫不敢弄出声音来，怕惊动了井里的青蛙。

  井水清澈透明，水天一色，平静的水面像一面镜子，镜子里有蓝天，蓝天里有悠悠的飞鸟，有朵朵的白云，有时也有我们几个孩子清晰脸庞的倒影。隐藏在垒砌的石头缝间的一只青蛙突然"呱"的一声，"扑通"

跳到水里，没有了踪影。这时，平静的水面被打破了，水波荡漾，闪着光芒，蓝天、白云、飞鸟都不见了。坐井的青蛙没有看到，我们反而还受到了惊吓。

这时，如果看到远远地有大人走过来，我们就会迅速四散逃去，因为害怕遭到他们的训斥。大人对我们之所以严厉，甚至用井里有青蛇鬼怪来吓唬我们，其实，就是怕我们掉入井中丢了性命，或是怕我们乱丢东西污染了井水。孩子是他们的宝，老井也是他们的命。

老井养活了全村人。

新的一天总是从老井开始。天刚蒙蒙亮，就会听到父亲拿起扁担挑起水桶走出大门的声音，甚至可以隐隐约约听到水桶碰撞井沿青石的声响。一会儿，还会听到父亲挑满桶回来时扁担发出的"吱扭吱扭"的声音和向水缸里倒水的哗哗声。父亲挑满一缸水，要来回两三趟。幸好老井在我家院子东边五十米处，不远，不然，父亲每天挑水该会多辛苦呀。父亲把美好的一天从老井里挑回，母亲便开始为家人烧水、煮饭、洗衣，忙活家务，一刻也不闲着。穷苦的日子里，母亲用老井的水煮出了一锅锅生活的温馨和甜蜜。

老井的水清洌甘甜，冬温夏凉。夏天，把头伸进水桶里，"咕嘟咕嘟"喝上一阵子，清凉爽口，浑身舒坦。冬天，刚打上来的井水，温温的，冒着热气，喝上几口，肚子也不会疼，更不会因喝冷水而生病。劳累了一天的村民、经过的路人都会在老井旁停留一会，或打上一桶水，痛快地喝上一气，或天南地北、家长里短地聊上一通。个别油腔滑调的男人还会和在老井旁洗衣服的小媳妇们打情骂俏一番。当然，在小媳妇们群起攻击之下他们总是会在一片笑声中落荒而逃。当老井安静下来的时候，几只乌鸦会在老井上空盘旋着、嘎嘎叫着，因为乌鸦口渴了，它也想飞到老井边青石上面找水喝。

酷暑难耐时，特别怀念母亲做的凉面条。小时候，每到夏天，母亲总会为全家做几次凉面条吃。和面是个技术活也是个力气活，和出来的面不能太软也不能太硬。太软了，做出的面口感不筋韧；太硬了，手擀起面来非常困难。母亲擀的面软硬适中，无论切得粗细做出来的面吃起来都"比较筋道"。手擀面条下锅后要大火煮，煮熟后，整个房间都会面香浓郁。母亲会把面捞出放在水盆里，用父亲刚刚从井里打上来的水拔（凉）一两次，然后控完水再放到碗里。凉面条再用母亲早已准备好的青椒蒜泥香醋一拌，那味道，凉飕飕、酸溜溜、美滋滋的，真是难得的美食。

特别怀念听过的扬琴戏。每年农闲时，总会有一连几天的扬琴戏在老井北边空旷处开演。这几天是村里最热闹的时候。太阳还没有落山，小孩子们早早就来到老井旁抢占好的地盘。长条凳或者小板凳放好了，就在老井旁边玩游戏，或焦急地等着父母和说书人的到来。说书人姓鹿，三十多岁，是当地一位有名的说唱艺人。月光下，说书人被里三层外三层的村民围在中间。扬琴一敲，精彩的大戏开始了。高潮处总会戛然而止，也算是卖个关子。等说书人喝上几口老井里打上来的水后，下一段说唱表演又会开始了。孩子听书不像大人们那么入迷，总是图个热闹。开戏不久，孩子们上下眼皮打架是常有的事。每到散场，孩子们总会被父亲背着或闭着眼睛牵着母亲的手跟跟跄跄地跟着走回家。但记忆中的《岳飞传》《杨家将》《薛仁贵征东》等历史故事，却是我在那个时候听到的。

老井从未断流过，即使在最干旱的季节。春夏之交，风沙肆虐，也正是玉米、蔬菜等需水浇灌的季节。乡亲们从老井里取水，或用桶挑，或用水车运，全家老少全出动，水瓢一勺一勺地舀，庄稼一棵一棵地浇……烈日下，那沉重的扁担，压红了肩膀，累弯了腰身，却收获了一年的希望。

后来，人们生活富裕了，农村盖起了新瓦房、新楼房，村外也建了许多工厂和养鸡养鸭厂。可工厂烟囱冒了黑烟，河沟里流了污水，农田里农药、化肥用得普遍，农村生活垃圾也越来越多。老井的水源受到了污染，井水苦涩难以再饮用。再后来，随着农村生活条件的改善和卫生习惯的养成，家家户户都在家里打了压水井。前几年，村里又统一规划，村村通，户户通，村民们全都吃上了方便卫生的自来水。家里通了自来水，人们再也不用去老井挑水或者压水吃了。

那口养育了几代人的老井，也许早已被人们遗忘。村里的年轻人或根本就不知道村里老井的位置了，或认为早已不复存在。其实，老井没有被填埋，是父亲和村里的几位老人用一块巨大的青石封住了井口。

每次回乡下老家，路过老井旁，我总会深情地望上几眼。当年那口清澈甘甜的老井给我留下了许多温馨、美好的回忆，让我至今难忘记。经历近百年风霜雪雨洗礼的老井，如同家乡的老屋、老人一样，永远不会在我心里消失。

家乡入梦

　　河流、公路是大地的纵横坐标，村庄是坐标点，田野是生命的图腾和肤色。人类繁衍，万物生息，既记录了盘古开天辟地的神话，也预示着神秘莫测的未来世界。

　　沛县是古城，千年古城。张柳庄是村庄，千年穿越。村庄和古城唇齿相依，相得益彰。村庄位于古城西北十公里，沛鸳公路、龙口河穿境而过。这里古称千秋乡，今属朱寨镇。

　　过去，这里是著名的黄泛区。住在这一带的村民，从宋元时期，就开始频频遭遇黄河水患侵袭。当时，黄河决溢入泗水入淮河渐趋频繁，北宋一百六十多年间，决溢入泗水入淮达十次。仅元朝末年，水、旱灾八次，造成"漂没田庐无算，死亡百姓无数，村庄城邑多成荒墟……"这里的村民历经磨难，多灾多难。

　　张柳庄庄名的由来很是奇怪。如今这个村庄有着两千多人口，张姓很少，只有三家，却没有一家姓柳的。据老人们说，张柳庄村名还确实有一段缘于张姓人家的传说。

元朝末年，有一次洪水退后，家园早已又黄沙遍野，寸草不生。一张姓老人携妻带子居无定所，四处流浪。后来选择在地势较高的一棵大柳树旁搭建了一所临时草庵栖身。再后来柳树周围居住的人渐渐多了，便形成了村落，后人习惯称张柳庄。虽然村庄陆续来了郭姓、赵姓、燕姓等其他族姓，且他们族姓人口繁衍较快，但村庄的名字却世代流传了下来。不过不熟悉这段经历的外乡人仍有时会把张柳庄说（写）成张刘庄（其实村里没有一家姓刘的。现在鹿楼镇还倒有一个叫"张刘庄"的村子）。

老人们说，村庄西头有一条纵贯南北的龙口河，洪水泛滥冲击而成。就是这条连接着大沙河向北注入微山湖的河流养育了这里的一代又一代村民。即使天气酷热，干旱少雨，这条河也很少干涸过。勤劳的村民在河流的两岸种上了树木，耕种了庄稼。村民们用这条河里的水灌溉了庄稼，收获了希冀，养活了子孙后代。当然，这里也曾是我们孩提时代的乐园。河宽大约三十米，河深处两三米不等。河水清澈透明，鱼虾可见，阳光下，波光粼粼、流光溢彩。夏日洗澡，冬季滑冰；芦苇荡捡拾鸟蛋，水草丛逮鱼摸虾；捉迷藏，打水仗，其乐融融；柳树跳水，河里冲浪，其乐无穷。在这里，度过了我无忧无虑的童年快乐时光。

村西曾经有一片张家的沙果树（花红树）园。春天时节，一望无际的沙果树，竞相开放，吐蕊斗艳，远观如银似雪，近看洁白如玉，素淡怡人，香气袭人，给人以圣洁之美。沙果树虬枝盘旋，低矮触地，利于攀爬。秋冬季节，这里一度成了我们逃学玩耍、树上捉迷藏的好去处。直到被张家女主人追赶了几次后我们再不敢前往了。只是这片曾留有我美好童年记忆的沙果树园不知道什么时候竟变成了一排排居民住房了。

村中间的郭家杏林从南到北，连成一片。杏花含苞时纯红色，绽放时粉红色，花落时纯白色，如纱，似梦，变幻迷离，如在仙境。杏花馥郁馨香，沁人心脾。杏花凋谢，点点青杏高挂枝头。微风轻拂，杏叶下颗颗青杏忽隐忽现，荡秋千似的，煞是惹人爱。杏子成熟季节，远远望去，满树鹅黄色的，金黄色的，令人垂涎欲滴。当然，总会有几个调皮的顽童会冒着被杏树主人驱赶、捉到的危险偷偷爬上树，或骑着树杈，或攀着高枝，饱享一顿美餐。

村庄的中间有一口老井。八十多岁的父亲也记不清井是什么时候挖的。井口青石围绕，高出地面二十厘米，从井口望下去，井深七八米。白天能清晰地看到水面上的天空、人、树的倒影和坑坑洼洼的井壁上斑驳的绿苔，晚上还能看到闪烁的星星和皎洁的月亮。井沿边的青石被提水的麻绳勒出了一道道槽痕，也磨出了一段段尘封的岁月故事。经历近百年风霜雪雨洗礼的老井，如同家乡的老屋、老人一样，永远不会在我心里消失。

过去，农村娱乐方式很少，每年农闲时，总会有一连几天的扬琴戏在老井北边空旷处开演。这几天是村里最热闹最奢望最幸福的时候。太阳还没有落山，小孩子们早早就来到老井旁抢占好的地盘。长条凳或者小板凳放好了，就在老井旁边玩游戏，或焦急地等着父母和说书人的到来。孩子听书不像大人们那么入迷，总是图个热闹。开戏不久，孩子们上下眼皮打架是常有的事。每到散场，孩子们总会被父亲背着或闭着眼睛牵着母亲的手跟跟跄跄地跟着走回家。但记忆中的《岳飞传》《杨家将》《薛仁贵征东》等历史故事，都是我们在那个时候听到的。

听戏是大人们的享受，看电影却是我们孩子们的最爱了。还记得小时候，也就是70年代末，到大队部放映的露天电影伴随着我们快乐成长了好多年。只要一听大队喇叭筒说"今晚有电影"，我们小伙伴们就欢呼雀跃，或呼朋唤友，或扛着长板凳争先恐后奔向大队部抢占"有利地形"。战斗片是我们最喜爱的，后来《少林寺》播出后，我们还一度爱上了武打片。当时，纪录片、科教片在我们孩子眼里都是广告片、加映片，很少能安静地看或看完，当放映加映片时，我们要么在放映场打闹追逐一番，要么安静地躺在父母的怀抱里一会等着看正片电影。有时听说几里外的村庄有电影放映，即使月高夜黑，也全然不顾，不知道什么叫害怕，也必定会约上几个小伙伴一块儿去看。如果信息不准确，那里没有放映电影，我们也不会垂头丧气，也会开心地说着"我们看了一场小英雄白跑路"。四十多年过去了，但那些耳熟能详的《地道战》《地雷战》《铁道游击队》《喜盈门》《少林寺》等经典影片，记忆犹新，恍若昨日，像母亲的爱抚，氤氲在我的记忆里，又像一坛尘封的老酒，醇香绵长，挥之不去。

80年代初期，电视机是个稀罕物件，黑白电视机几个庄能有一台就不错了。年轻人的嫁妆主要是"三转一响"，即自行车、手表、缝纫机和收音机，没有电视机。寻常百姓人家根本没有购买电视机的奢望和资本。到了80年代中期，我们村才有几户生活比较富裕的人家陆陆续续买上了黑白电视机。父母为了培养我和弟弟上大学，家里一直没能买得起电视机，直到1992年，我结婚时，家里才有了一台黑白电视机，还是作为妻子的嫁妆从娘家带来的。80年代末，尽管黑白电视机普及较快，但一个村能有一两台彩色电视机也简直是天方夜谭。经济条件稍好一点的陈绍华家、郭永军家80年代末最先买了彩色电视机。去他们两家看彩色电视一度成了全村老少不少人每晚必不可少的节目。《霍元甲》《射雕英雄传》《神雕侠侣》《西游记》《红楼梦》《渴望》等电视剧，是那时陪伴我们健康成长的精神食粮和文化大餐。

记忆中的张柳庄村，民风淳朴厚道，热情好客。村子里，无论是老人还是小孩，对人都非常热情。如果有异乡人进村，不管走到哪户村民的家门口，他们都非常主动地和异乡人打着招呼。经常会问你从哪里来，到谁家里去，吃饭了没有之类的客气话，并且还会把你送到想去的人家……这里的人们经常满脸挂着笑容，这笑容是发自内心的，是最真诚、最纯洁、最朴实的。

村子西北角有一所远近闻名的小学——千秋乡小学。千秋乡小学建于1920年，她的前身是由乡贤燕振声1910年创建的新式教育教学方法、传播新思想的怀远初等小学。怀远初等小学1949年改称张柳庄小学。2008年学校异地重建新校区，改名为朱寨中心小学至今。千秋乡小学顺应时代发展，重教国文，强调"立品"，设有修身、国文、算术等后逐渐增设体育、卫生、劳动、历史、地理等课目，将传统国学教育和现代新式教育相结合，把新的教学内容、新的教育思想、新的教育教学方法引进学校。先进的教育理念和严格的教育管理，吸引了千秋乡方圆几十里的农家子弟前来就读。千秋乡小学是沛西地区第一个党的支部诞生地，与素有"江南燕子矶，江北青墩寺"之称的城南青墩寺小学齐名，声名远播大江南北。李公俭等共产党员相继在千秋乡小学任教，从事党的地下工作，传播革命火种，培养了郝中士、张世珠、葛步海等一大批革命人才，千秋乡小学成为当时沛西革命活动中心和学校教育高地。

张柳庄的村民们用自己勤劳的双手创造了、创造着丰富的物质、文化财富。楼上楼下电灯电话彩电手机互联网自不必说，今天的张柳庄，更是人才济济，名人辈出，发展变化，日新月异。

郭姓、赵姓、燕姓、陈姓等人家人丁兴旺，人口占全村的四分之三有余。各行各业，各姓氏都是人才辈出，有的人做了燕局长、燕经理，有的人做了赵书记、赵校长，有的人做了李行长、李主任，有的人做了卞矿长、卞科长……闫姓年轻人受父辈影响，技工型人才较多，建筑、装潢多有绝技。总之，三百六十行，行行有状元，村里各姓氏都有人成为家族的骄傲。值得一提的是郭氏家族，自元末迁入以来，人丁兴旺，人口繁衍较快，目前郭氏人口占村庄人口的四分之一多。郭氏家族比较重视教育，现在平均每户就出过一名以上大学生。这些大学生们大学毕业后在各自的工作岗位上大都做出了突出的成绩。有着"无冕之王"之称的扬子晚报记者郭小川、有"民间艺术家"之称的郭卫东夫妇等是郭氏家族中的杰出代表。

说起张柳庄的当代名人，首推徐培晨先生了。徐培晨现为南京师范大学美术学院教授，博士生导师。中国美术家协会会员、江苏省花鸟画研究会会长。擅长中国画，山水、人物、花鸟俱佳，尤精丹青猿猴，作品多次在全国性展览获金奖和第一名。国家文化部、美术馆、中南海、毛主席纪念堂等收藏其力作。出版论著、画集《画猴技法述要》《徐培晨国画猿猴集》等四十余部。徐氏族人后继有人，如今徐培晨先生的侄子徐思田也已是江苏建筑学院艺术学院最年轻的教授，徐州市青年美术家协会副主席。

日月轮回，四季交替，变化的是四季景色，不变的是我们的乡音乡情和乡愁。随着时代发展，社会变迁，乡村的城镇化，进城定居或外出读书打工的人越来越多，记忆中的家乡模样也逐渐远离了我们的生活，消逝在我们的视线里，温馨柔美的家乡记忆也越来越模糊起来了。

但我会告诉孩子们，根在张柳庄，那里有生养我们的土地和亲人，还有我们一代人挥之不去的记忆和刻骨铭心的牵挂！

故园香椿树

小区楼下长了几棵香椿树,不知道是哪位邻居栽种的还是野生的。反正每年春天,香椿发芽时,都会见到小区的邻居们隔三差五地来摘香椿芽。

"雨前椿头嫩无丝,雨后椿头生木枝。"清明前后的香椿芽叶厚芽嫩,是上好的佳肴美味。玛瑙红的叶子,娇嫩欲滴,宛如开在春天枝头的一抹朝霞,又似酝酿了一冬的情感绽放。靠近它,会有一股独特的淡淡清香袭来。摘一片嫩叶,放在嘴里咀嚼,馨香四溢,唇齿留香。香椿初生嫩芽和嫩枝叶确实好吃,可以凉拌着豆腐吃,炒着鸡蛋吃,包着饺子吃。

说到吃香椿,我总会想到乡下故园里的那颗香椿树。

乡下老人都有在房前屋后种植香椿树的习惯。在我故园老屋前面就有一棵父亲种下的香椿树。

小时候,由于不喜欢吃香椿,所以也就不甚关注父亲种下的香椿树,只记得父母亲每年都会送给左邻右舍们一些吃。等我开始喜欢上吃香椿的时候,香椿树已经长成两米多高了。触手可及的嫩叶总会被人先摘下,树的高处总需要费一番周折才行。等我们想吃香椿时，就不得不蹬着梯子来采摘了。

每年清明前后，开始摘吃香椿芽。父亲会把一张自制的梯子靠在墙上或倚在香椿树上。怕我们摔伤，父亲总是要自己攀爬梯子上下，我只好在下面给父亲扶着那张颤悠悠的梯子。弟弟围着椿树转圈，昂着头观察着，小手还不停地指着，大声喊着："这边有好多呀。那边还有一些嫩叶。"看着嫩嫩的叶芽被采摘，我有些于心不忍了，催促父亲赶紧下来。父亲好像看懂了我的心事，说："这香椿树不怕采摘，越采越旺。头茬采完还有二茬，几茬过后，香椿叶子开始变绿。过了谷雨吃起来就没那么嫩了。"

父亲还告诉我说："在20世纪五六十年代，农村物质生活条件十分落后，村民们经常挨饥受饿，无法填饱肚子。就是到了七八十年代，物质生活还不十分丰富，更别说品种繁多的蔬菜了。是香椿、荠菜、榆钱、槐花帮我们度过了一段极其困难的岁月。"是的，香椿、荠菜、榆钱、槐花成了今天城里人餐桌上一道美味佳肴，而过去却是农民的"救命菜"。民间有"门前一株椿，春菜常不断"之说。今天，成长在幸福生活里的孩子们是无法体会到父辈、祖辈们生活的艰辛与挣扎，无法体会到他们的无私奉献与默默担当。在我辈人心里，香椿是父亲，香椿也是母亲。

母亲手巧，做的香椿特别有味道。把新采的香椿摘洗干净，用开水轻轻一焯，控净水后切碎，用香油、食盐一拌，吃起来别有一番风味。香椿淡淡的清香，香油浓浓的陈香，真是浓淡相宜，奇香无比。也可以做成香椿拌豆腐，豆腐要嫩，不能切得太碎也不能切得太整。绿的香椿、白的豆腐，绿的脆爽，白的嫩滑，香椿的味道四溢加上豆腐的清香弥漫，更增加了我们姐弟的食欲。有时母亲还换着花样做给我们吃，把香椿与鸡蛋一块炒，香椿芽蘸上鸡蛋面糊放在油里炸成香椿鱼儿……嘿嘿，黄澄澄、香喷喷的，真的是诱惑无比，回味无穷。看着我们姐弟津津有味地吃着，母亲也总会开心地笑着。

　　小时候，家里穷买不起冰箱，香椿不好保存，只能食在当季。现在生活条件与以前大不同了，家家都有了冰箱。在香椿叶旺的时候，摘下来，焯下水后用保鲜袋装好冻到冰箱里，一年四季都能随时品尝到春的味道。香椿树在塑料大棚里反季节生长，是近些年才有的事。反季节的香椿，茎叶宽大不厚实，香味极淡，口感远不及露天生长的馨香淡雅。炒一盘鸡蛋香椿或拌一盘香椿豆腐，口味尚可，但远没有了记忆中故园的香椿味道。

　　今年清明刚过，我告诉妻子楼下的香椿发芽了，再过几天就可以摘着吃了。妻子笑了笑说："爸爸知道你喜欢吃香椿，前几年在我们小区楼下种了几棵小香椿树呢。爸爸真有心，怕我们吃不上小区的香椿芽，每年初春总还要将家里第一茬还挂着露珠的香椿摘下，送来给我们尝鲜。昨天上午，父亲又给我们送来了。"

　　听着妻子的话，想到年老体衰的父母，还时刻牵挂着住在城里的孩子，每年还想着要把最鲜嫩的香椿送给我们吃，我不禁落下泪来。可怜天下父母心，这是一份怎样的浓浓亲情呀。

　　时光流逝，年少时懵懂记忆日渐淡薄。看着楼下的几棵小香椿，我眼前始终抹不掉父亲种下的故园那棵香椿树。

我爱马齿苋

　　我家养了许多盆花，其中阳台上那盆马齿苋是在妻子和孩子松土、浇水、施肥精心护养下一天天长大的，我特别喜爱。

　　马齿苋，俗名马蜂菜，又称五行菜、瓜子菜等，它形似马齿，叶绿肥厚多汁，茎赤色彩斑斓，根白神似参须。马齿苋全身都是宝，不仅开出的花好看能供人欣赏而且本身具有很大的营养、药物价值。

　　我喜爱马齿苋。若论花开花落，马齿苋名不见经传，甚至不少人还会觉得马齿苋是一种野草不会开花呢。马齿苋是一株野草，是一朵无名花，但她有着"苔花如米小，也学牡丹开"的精神，她不会因为别人的眼光和看法，就不敢绽开惊艳的花蕊。马齿苋也开花，叶片间开米粒大小花，开出的花黄色的、红色的、粉色的，十分漂亮。炎炎夏日，朝开暮闭，太阳越炽烈，花开越旺盛。

　　我不仅喜爱马齿苋花的美丽，我更喜爱她它有着极强的生命力。唐代大诗人杜甫在诗歌《园官送菜》提到了马齿苋："苦苣针如刺，马齿叶亦繁。青青佳疏色，埋没在园中。"无论是荒郊野外还是乡村田园，无论土壤贫瘠还是肥沃，田间地头、沟渠路旁、庭园树下等向阳处，只要有土壤的地方就能安家落户，哪怕石缝中也能求生存，只要阳光充足的地方就能繁衍生长。一个地方一旦找到了一棵，基本上就一大片一大片满是鲜嫩的马齿苋了。和其他花草相比，它有着惊人的生命力：太阳晒不死它，干旱旱不死它。我惊叹于马齿苋极其顽强的生命力！

说起马齿苋不怕太阳晒不怕干旱，这里还有一个美丽的神话传说。远古的时候，帝俊与羲和生了十个孩子都是太阳，他们会经常被安排天空轮流执勤，有时也会十日并出。"赤日炎炎似火烧，野田禾稻半枯焦"这时，炎热烤焦了森林，烘干了大地，晒干了禾苗草木，大地就出现了严重的旱灾，民无所食。当时，最著名的射手后羿奉尧之命前往射日。后羿射下十日之中的九日，其中一日情急之下，看见一棵长得很旺盛的马齿苋，就匆忙藏匿其下，躲过一劫。幸存的太阳为了报答马齿苋的救命之恩，就许下诺言："百草脱根皆死，尔离水土犹生。"从此以后无论多么热的天气，太阳都晒不死马齿苋。我爱马齿苋美丽的传说。

马齿苋用途广泛。它的营养价值高，富含蛋白质、脂肪、碳水化合物、膳食纤维及钙、磷、铁及多种维生素。味微酸，可鲜食、干食、做菜、做馅，滋味鲜美，滑润可口，是民间的一款时令家常菜。就连唐朝宫廷有时也吃马齿菜，有杜甫诗序为证："园官送菜把，本数日阙，矧苦苣、马齿掩乎嘉蔬。"意思是把苦苣和马齿苋也当作进贡的时令蔬菜送交官府食用。《唐语林》卷一还记载："德宗初即位，深尚礼法……召朝士食马齿羹，不设盐酪。"马齿苋现在的吃法有很多种，鲜嫩多汁的马齿苋焯过之后可以炒食、凉拌、做馅。常见的马齿苋菜谱有大蒜凉拌马齿苋、素炒或者肉炒马齿苋、马齿菜炒鸡蛋、马齿菜馅包子、马齿苋田螺粥等。但我最爱吃的还是母亲做的马齿苋窝窝头。面粉加少许水和一些马齿苋，黏稠适度，放在锅里蒸煮半个小时左右即可。房间里有点淡淡的香甜，一揭开锅盖，热气腾腾，清香四溢，令人食欲大振。洗两根辣椒切碎，加上切碎的大蒜、葱、姜，放点醋、生抽、香油和盐做个蘸汁，把窝窝头放进去一蘸，酸甜苦辣，口舌生津，那味道：超爽。现在的大棚马齿苋口感远不如这种纯天然的绿色野菜有营养，吃得放心。时间在流逝，母亲对我们的爱从未改变。我爱吃母亲做的野马齿苋窝窝头，从此也爱上了母亲的味道。

马齿苋不仅可以食用，而且她的药用价值也极高。明朝李时珍把马齿苋写进《本草纲目·菜部》称其能以全草入药，性寒，味酸，功能清热，解毒，攻血，消肿，主治痢疾、疮疡等症。难怪民间还称这种平卧或斜倚在土地上的马齿苋为长寿草。唐代医家陈藏《本草拾遗》记载："人久食之，消炎止血，解热排毒；防痢疾，治胃疡。"《本草图经》称其为五行草，有清热解毒，散血消肿，除尘杀菌，消炎止痛，止血凉血，利尿润肺，止渴生津的功效。马齿苋对治疗诸种疮毒、虫蚊咬伤特别有效。夏天，倘若身上哪里有无名肿痛，或被蚊虫叮咬，可把马齿苋揉碎，连汁带渣敷在患处，一两天后肿痛就会奇迹般地消了。多么神奇的马齿苋！

马齿苋出生卑微，是贱草的命，普通的花，任凭风吹日晒，但她宠辱不惊，默默无闻，照样长它的叶，照样开它的花。人生也如同马齿苋，有苦有酸，有香有甜，有情有意，做一棵普通而有益于他人的马齿苋何尝不是一种幸福呢？用自己的方式去做一些有意义的事情，为社会、为他人默默地付出，不必活在世俗的眼光里，又何尝不是一种快乐呢？看来，妻子和孩子并没有把阳台上的马齿苋当做一般的花草养着！我不由得对马齿苋心生无限感激与深深的敬畏！

我爱马齿苋，但我更爱具有马齿苋一样品质的人。

早春飘来荠菜香

  从小生活在农村的人，像我，对荠菜，总会有着一种特殊的情感……
  荠菜又名护生草、菱角菜、小鸡草、地米菜。十字花科植物。营养丰富，是深受人们喜爱的一种野菜。在我国最早的诗歌总集《诗经》里就有"谁谓荼苦，其甘如荠"的诗句。"春日平原荠菜花，新耕雨后落群鸦"，这是词人辛弃疾对春日荠菜随处可见的描绘。
  荠菜的生命力极强。从前，在农村，房前屋后墙角旮旯，荠菜有的是，更不用说麦地田野里了。荠菜对土壤的适应性强，无论土地是否肥脊还是土壤是否疏密，只要它落地生根，便脚踏实地，默默等待春风惠雨。冬寒未尽，春寒还料峭时，细心的你就会发现，小路边、田埂旁，乃至湿漉漉的墙根下，稀疏的三角形叶子已探出了脑袋，纤细绿茎的荠菜和那些蓬勃而张扬的肥硕油绿的野菜相比，自有几分单薄和孤苦的气质，不禁让人怜爱驻足。
  北国的早春，还是冰封大地，白雪皑皑时，田野里见不到一丝绿意，而中原大地的田野里早已经绿油油的，逼你的眼：灰灰菜、马齿苋、苦苣、苦荬、黄鹌菜、蒲公英,特别引人注目的当然是那时刻散发着淡淡芳香、遍地嫩绿的荠菜……是的,似乎只有等到荠菜遍地,清香飘荡,我们才能从空气中嗅出中原大地春天的气息。

对荠菜,我有一种深深情结。

常常想起小时候跟着母亲到地里挖荠菜的情景:提着篮子,带上小挖铲,在母亲身后,蹦蹦跳跳。看到熟悉的荠菜就奔过去,蹲下身子,小心翼翼地用小铲子连根挖起。如果一不小心铲高了,断了茎,荠菜叶子也就会散落在地上。儿时的我总想和母亲比赛谁先挖满篮子,当看到母亲篮子里的荠菜越来越多时,我就有点手忙脚乱了,后来,我干脆就连不熟悉的野菜也统统不放过……看到自己脚边满满一篮子里的野菜,满满的成就感充盈心中。可这时累得腰也直不起来了。结果固然重要,而那种寻找和发现的过程,也总会让我欢呼雀跃、兴奋不已。累并快乐着。

回家后,和母亲一起把与荠菜叶片很像的黄鹌菜、蒲公英挑出来,再把荠菜仔仔细细择洗干净。一阵忙碌过后,用自己的劳动换取了饭桌上浓郁的荠菜香:或清香十足的荠菜糊糊,或荠菜素饺子,或混着小鲜肉的荠菜荤包子……特别是看到包裹着浓郁春天味道的荠菜春卷,我和姐弟们早已迫不及待、垂涎三尺了。品尝着自己亲手采挖、参与择洗、制作的荠菜春卷,我的心里更是美滋滋的。香气四溢,唇齿留香的荠菜食品,不仅为家人的生活增添了一道舌尖上的美味佳肴,也为我留下了童年最美好的记忆。

后来,因工作原因,我远离了生我养我的乡下故土,搬家到了县城。十多年来,尽管我和妻儿经常回家看望仍坚持住在乡下的父母,却很少有机会抽个空儿和爱人、孩子再牵着母亲的手一同到田野,访绿色,探春意,挖野菜,吃荠菜;很少再有闲情逸致去触摸一种归真返璞的生活情味了。难怪白居易也会感叹:"碧荑红缕今何在,风雨飘将去不回。惆怅去年墙下地，今春唯有荠花开。"

　　由于人工大棚种植，人们一年四季都可以吃到新鲜可口的荠菜。但其口感和野生的相差很多，甚至不可同日而语。野生荠菜的营养价值丰富，可谓百蔬之冠。所以，每到初春前后，母亲都会把自己亲手挖的新鲜野荠菜择洗干净后让我们带回城里吃，或焯水，攥干水分后放冰箱冷冻起来，留给我们冬天享用。

　　舌尖上的春节，餐桌上丰盛的鸡鸭鱼肉、山珍海味让人大饱口福，但若没有野菜作伴，也会少了些年的味道。在大诗人苏东坡口里，和无上美味的荠菜比起来，"陆海八珍，皆可鄙厌也"，也足见苏东坡对荠菜赞美有加，甚至可以说是欲罢不能。随着生活水平的提高，荠菜曾一度淡出过我们的生活。如今当绿色和健康成为餐桌上饮食新风尚时，面对荠菜那种特有的春香盈口，清爽宜人，哦，我想起来了：有一种思念叫牵肠挂肚。

我的书房情结

也许是教师职业的缘故,我喜欢藏书与读书。

书房虽然很小,大约九个平方米,但相对独立;藏书林林总总也有上千本吧,虽然多但不杂乱。当然藏书读书的重点主要集中在文史哲,特别是与高中语文教育教学和教育管理有关领域的书籍更多一些。数理化计算机方面的藏书很少,音乐艺术之类的高雅艺术图书更少。图书放置基本上是按类别对号入座的。其中有两层藏书比较特殊,标签名为赠书。赠书大多为全国各地文友作品,省内的省外的,知名的不知名的,不下百十本。我对每一本珍贵的赠书都会毕恭毕敬,钟爱有加。

关于读书,我非常喜欢清代文学家随园主人袁枚,《黄生借书说》里面一句非常有名的话:"书非借不能读也。"意思是,书不是借来的就不会好好地读。自己没有书,勉强向别人借来看,一定担心书的主人也许明天就会催要,所以读起书来也快也认真,效果也好。如果是自己的书,心里总会想,反正是自己的,什么时候都可以看,然后书就可能真的会束之高阁了。文章劝勉人们不要因为条件不利而却步不前,也不要因为条件优越而贪图安逸,要珍惜青春时光,勤奋读书。对此我深有体会。

上中学时,家里穷,我根本买不起更多的图书。当语文课本不能再满足我的求知欲望时,我就去借,向同学借,向老师借。后来考入大学,便开始向图书馆借。即使到了大学,每每有新的图书借来,我还会像饥饿的人见到面包、沙漠里长途跋涉的行者见到清泉一样,有种如饥似渴感,废寝忘食也就会是常有的事了。现在人已到中年的我,除了每月惯例买书阅读充实书房之外,更多地还保持着借书阅读的习惯,当然更多的是到单位阅览室、图书馆借阅。

在学校里工作,慢慢地我发现了一个事实:学校里图书馆借书读的学生不是很多。一方面,中小学图书馆藏书严重不足,更新缓慢;有时可能为验星评比,不问青红皂白,学校匆忙购进一批图书,"滥竽充数",真正适合学生课外阅读的书籍很少。图书借阅率不高是通病,不少学校图书室几乎都成了摆设。另一方面,学生中独生子女居多,父母们不会让自己的孩子输在起跑线上,在父母们的心里"万般皆下品,惟有读书高"。学区房再贵也要买、也要租,名校择校费再高也要求爷爷告奶奶地挤破头皮进。给孩子掏钱买书更不在话下了。殊不知,条件好了,环境优越了,好多学生却不知道珍惜大好时光,有书不读,有书不会读。学校如果不能正确引导孩子们学会读书、学会学习、学会生活、学会生存,如果仍继续忽视素质教育一味地大搞应试教育,那么,孩子们的文化素质和人文素养又如何才能提升?祖国未来的希望又会在哪里?

教育工作者要真正沉下心来读几本文学名著,读几本教学理论书籍,否则,自己一瓶水不满,何以给学生一桶水?自己不是流淌的溪流,何以给学生以不断更新的小溪水?教育工作者不仅要自己知道读书好,还要引导学生读好书、好读书,进而打造出浓郁的书香校园,将是我们教育的一大功德。

毛泽东一生读书之博、之深、之活,世所罕见。宋代黄山谷曾说:

"三日不读书,照镜则面目可憎,对人则语言无味。"明代文学家陈继儒在《岩栖幽事》一书中也说:"米元章亦云:一日不读书,便觉思涩。想古人未尝片时废书也。"细细琢磨,确实有一定的道理。

清代国学大师王国维先生在《人间词话》中说:"古今之成大事业、大学问者,必经过三种之境界:'昨夜西风凋碧树,独上高楼,望尽天涯路。'此第一境也。'衣带渐宽终不悔,为伊消得人憔悴。'此第二境也。'众里寻他千百度,蓦然回首,那人却在,灯火阑珊处。'此第三境也。"王国维先生博古通今,学贯中西,对我国古典诗词烂熟于心,脍炙人口、传诵千古的经典句子更是能信手拈来,自然而巧妙地把诗词与读书相连,把治学与人生融通。情话佳句,相思妙语,诙谐戏谑,深入浅出,赋予了读书治学乃至为人处世以深刻的思想内涵和境界,"读书治学三境界",字字珠玑,"不着一字,尽得风流",令人击节叹赏,以为妙绝。

第一境界:"昨夜西风凋碧树。独上高楼,望尽天涯路。"这词句出自晏殊的《蝶恋花》:"槛菊愁烟兰泣露,罗幕轻寒,燕子双飞去。明月不谙离恨苦,斜光到晓穿朱户。昨夜西风凋碧树,独上高楼,望尽天涯路。欲寄彩笺兼尺素,山长水阔知何处!"王国维"顾左右而言它",以小见大,借题发挥,把此句比喻成,做学问、成大事业者,首先要敢问路在何方,心中要有远大目标与明确方向。犹如《西游记》唐僧师徒四人历经千难万险,西天取经,如果没有唐僧的矢志不渝,不忘初心,怀有一颗火热的心和执着的信念,如果像八戒、悟空一样,没有远大的目标意识,动不动就散伙,西天取经还能最后功成名就、功德圆满吗?

第二境界:"衣带渐宽终不悔,为伊消得人憔悴。"该词出自宋代的另一位婉约派词人柳永的《蝶恋花》。原词是:"伫倚危楼风细细,望极春愁,黯黯生天际。草色烟光残照里,无言谁会凭阑意。拟把疏狂图一醉,对酒当歌,强乐还无味。衣带渐宽终不悔,为伊消得人憔悴。"有人说,这首词借景抒情,表达了作者对恋情的执着。王国维在这里不提儿女情长，意在说明，读书治学，对理想事业的追求，要执着忘我，孜孜以求，持之以恒；为爱付出，要心甘情愿，无怨无悔。读书不应心存功利，要不怕孤独，要耐得住寂寞，守得住清贫，要静下心来，守住心灵的港湾，宁静才能致远。读书不仅要坐下来，还要能读进去。读进去了，才会废寝忘食，沉醉其中，才会人书合一，十年磨一剑；能拥有"孤舟蓑笠翁，独钓寒江雪"的垂钓精神，能拥有"板凳甘坐十年冷"的读书境界，实在是难能可贵。

第三境界，语出自宋代豪放派词人辛弃疾《青玉案·元夕》中的词句。原词是："东风夜放花千树，更吹落星如雨。宝马雕车香满路，凤箫声动，玉壶光转，一夜鱼龙舞。蛾儿雪柳黄金缕，笑语盈盈暗香去。众里寻他千百度，蓦然回首，那人却在，灯火阑珊处。"王国维用此句意指读书治学的最高阶段：这是"踏破铁鞋无觅处，得来全不费功夫"的收获；这是峰回路转的豁然开朗、柳暗花明的境界提升；这是厚积薄发、水到渠成的瑰丽与辉煌；这是"会当凌绝顶，一览众山小"高屋建瓴的至上境界。是的，书山有路勤为径，学海无涯苦作舟。巍峨书山绵延不尽，如果"身在此山中"而又不能跳出，没有了方向、目标，一味地死读书、读死书，结果只能是在绵延书山里"横看成岭侧成峰，远近高低各不同"，虽然风光无限，但你始终"不识庐山真面目"。要想收获成功，看清"庐山真面目"，就必须跳出当前养尊处优的处境，给自己以合适的位置定位。只有走出书山来，才会"不畏浮云遮望眼，闻说鸡鸣见日升"，才能"欲穷千里目，更上一层楼"。

对照读书治学境界，我的读书还没有达到第二种境界，还只属于第一层次底层而已。读书治学目标虽不远大，还没有为中华崛起而读书的雄心壮志，还没有修身养性到"腹有诗书气自华"，还没有拥有独善其身的独特"内功"，但为能教书育人，不贻误孩子，为开慧益智，提升自己而坚持读书，咬定青山不放松，咬文嚼字，阅读笔耕，不亦乐乎！

室有诗书趣，胸无尘俗虑。漫步书山，徜徉书海，远离尘世喧嚣，清净浮躁灵魂是我每天的必修课。读书之余，打开桌前小窗，或"坐看庭前花开花落，笑看天边云卷云舒"，或倾听春风轻快活泼的低吟浅唱，醉享秋雨婉约缠绵的欲说还休，或爬格素笺，任绵绵情思赋成悠悠诗意。闲暇之时，"谈笑有鸿儒，往来无白丁"，有时也会邀两三好友，品一杯茗茶，吐生活酸甜苦辣，咏人生千姿百态。

书房虽小，但书香四溢。与书为友，孜孜以读，享受的又岂止是精神生活的愉悦？无所求，却又常有所得，不也是读书治学的至高境界吗？

年味

俗话说，"吃了腊八饭就把年货来办。"是的，腊八过后，年味就会越来越浓了。

"腊八节扫屋"是流传下来的习俗，在这天，家家户户都会忙着大扫除，把一年来的灰尘与晦气都通通打扫干净，以崭新的面貌和精神状态来迎接新年的到来。以前，由于担心招惹了传说中的"火神"或"宅神"，平时大家是不能随便打扫房屋特别是厨房的（装修新房、迎娶新娘还是有例外的）。在腊八节这一天就没有了这个禁忌，完全可以放心大胆地打扫收拾屋子了。

在乡下，最难打扫的就是厨房。因为以前农村人生火做饭大都以烧柴草树叶为主，满屋火燎烟熏的都是黑色灰尘。乌黑的东西有时会落在做饭人身上，落到饭桌上，有时做饭揭锅盖时还会突然落在锅里，很不卫生。打扫厨房时是必须要穿上破旧的衣服，或披上围裙之类的东西，还要用草帽、口罩、眼镜等全副武装起来，用力挥动着绑在长杆子上的笤帚，迅速地打扫厨房的里里外外、角角落落。屋子扫完之后，还要继续面貌一新迎新年：忙着"投烟筒""刮锅底""糊炉灶"、擦洗门窗家具、收拾餐具等等。

现在年轻人大都有了良好的卫生生活习惯，好像对这种习俗没有了任何顾忌。在家收拾屋子，打扫卫生是分分钟的事。

过了腊八节，人们就认为是已进入年节，要为迎接新年的到来做好准备工作。磨面、蒸馍、过油炸蔬菜、炸丸子、剁饺子馅、淘豆芽、做豆腐，赶集置办年货。在计划经济时代，农民缺吃少穿，物质匮乏，生活条件极其艰难。但，在平时节衣缩食、勤俭过日子的庄稼人，腊八过后，辛苦了一年的他们在购置年货迎接新年时却最舍得花钱。油盐酱醋要买，招待客人的花生、鱼肉要买点，门神、年画要买，写对联的红纸要买……因为孩子们总得穿身新衣服，欢欢喜喜迎新年吧，这时，母亲们上街买块新布料给儿女们添置件新衣服也不再是件奢侈的事了。

"闺女要花儿子要鞭炮"，花和鞭炮多少都要买点，这是以前过年孩子们必不可少的。年关临近，孩子们也早早放了假，村子里到处都是疯玩的孩子们。头上戴着花的文静小女孩，也会在门前空地上踢着毽子、玩着沙包；调皮的小男孩会偷偷把父亲买来的鞭炮拆散，装到口袋里，一个一个掏出来燃着放。小的鞭炮，手拿着点燃，然后抛向高空或远方；大点的鞭炮需要放在地上点燃；当然燃放大雷子、二踢脚之类的是要躲得远远地，还得捂上耳朵。有时胆大的小男孩还会跑过去搜寻没有燃放的鞭炮，有引线的就重新点着，没有引线的就重新安上引线或掰开玩"呲花"。起初，零星的鞭炮声啪、啪响起，再后来，啪、啪、啪的鞭炮声就会此起彼伏。鞭炮声夹杂着孩子们的欢笑声，弥漫在空气中的火药味和厨房里飘出的饭香味，让人感觉到乡村的年味越来越浓了。

除夕年味最浓。老老少少穿起最体面的新衣服；门上贴上红红火火的春联；屋里贴上吉利的年画或灶神；千里之外的异乡游子从四面八方归来全家团聚；包饺子时里面放上或硬币，或麦麸，或糖，包含着美好的寓意；祭拜先祖燃放鞭炮活动隆重热烈；守岁夜长明灯是必须的；团圆饭"年年有（鱼）余"是不能少的；小孩子们的压岁钱多少是都得有的；春晚是必须看的；凌晨前后震耳欲聋的鞭炮声也是拒绝不了的。

  如今，农民的生活条件好了，日子也富裕了，置买的年货也更丰富多彩了。在年货构成上，吃、穿、用"老三样"仍是主体，但美妆饰品、家居家电、烟花、生态蔬菜鱼肉等品种所占比例较往年也都有所提升。可不少人仍在感叹"年味淡了"，甚至开始不断怀念小时候过年的情形。

  的确，过去老百姓过年时最看重的是物质上的丰富：鸡鱼肉蛋、花生瓜子糖。可随着生活质量的不断提高，当下的过年已不再仅仅停留在吃得好点、穿得靓点、玩得尽兴点上了，对精神文化层面的追求也越来越丰富多彩了。尽管我也觉得现在的年味确实是少了点什么，但我能常常忆苦思甜，告诉孩子们，我们赶上了好时代，和祖父辈们缺衣少食挨饿受冻过年的日子相比，我们生活的每一天都是在过年呀。相信，只要底蕴深厚、源远流长的中国传统文化精髓不丢，只要写春联、挂灯笼、猜谜语、舞龙狮、唱大戏等春节文化能保护好、传承好、弘扬好，只要人和人之间那种朴实无华的亲情、孝道还在，现代社会里年味也一定会更浓郁。

  期待着浓郁的年味里总能渗透着一股浓厚的现代文化味和人情味儿。

第二辑 故园咏怀

汉城荷花又飘香

　　读过南宋诗人杨万里的《晓出净慈寺送林子方》,相信你也一定会喜欢上"不与四时同"的六月西湖美丽荷塘风光。

　　其实,不是所有的荷塘美景只有去江南才能看到,七八月份的沛县汉城公园便是赏荷的极佳去处。

　　"四面环水三面荷"的沛县汉城公园主建筑区——汉宫区旁边,便是"碧叶垂柳一拱桥"的荷塘了。花开有时,约好了似的,赶趟儿般竞相开放。百亩荷塘,如诗如画,虽没有"接天莲叶无穷碧,映日荷花别样红"的壮观,却有着"汉城水韵千年魂,中有荷花分外香"的独特意韵。

　　漫步荷塘,垂柳依依。放眼望去,烈日下,尽是耀眼的荷花、惹人的莲蓬和碧绿的荷叶。荷叶田田,绿盖叠翠,碧荷连天,翩翩起舞,曼妙至极;荷花竞秀,千娇百媚,风姿绰约,亭亭玉立犹遮面,缕缕清香付伊人。含苞的,含蓄内敛,静如处子,虽"才露尖尖角",却早有蜻蜓立上头;待放的,犹如娇羞的少女,犹抱琵琶半遮面,欲语还休,又像圣洁的童子面,光鲜可人;绽开的,浓妆淡抹,迷离人眼,阳光辉映下,色彩娇艳"别样红";走近了,可见黄白相间,红绿错落,花叶相依,莲蓬点缀,清香缕缕,沁人心脾。绽放的荷花洋溢着人生的热烈和奔放,结实的莲蓬呈现出生命的厚重与沉稳。粉色的、红色的、黄色的、白色的、绿色的,各种颜色参差交错,绵延宕开,一幅广阔无垠、浓墨重彩的日下荷塘风景画铺展而来。

而雨中荷塘则是另一番风韵了!

"荷风送香气,竹露滴清响。"神韵万点落墨玉,荷花带雨着风流。风携着荷的清香,雨带着花的神韵,风跟荷动,荷随风摆。凉凉习习风,点点滴滴雨,为炎炎夏日增添了一抹凉意,给夏日荷塘带来了一份清新宁静、闲适雅逸。雨后芙蓉,天然去雕饰,白里透红,清丽脱俗,温润如玉,晶莹剔透,冰清玉洁,似贵妃出浴,又似佳人在水一方……一幅水乳交融、墨韵十足的荷塘水墨彩画呼之欲出。

莲花有诗情,荷塘有画意。公园美景让人流连忘返、陶醉其中。荷塘西边,老子栖居处,孔子问道地,古柏掩映,静谧归真;独拱小桥下,水流潺潺,似述说着千年楚风汉韵的故事,又似明证着一场风花雪月的约会;岸边垂柳,窈窕妩媚,嬉戏水面游鱼,撩拨游人发丝。游人或驻足远眺,或俯身观赏。看,塘岸边,凉亭下,那一对甜蜜新人,弥漫在荷花丛中的浓浓爱意,是否已被定格在美丽的瞬间?光影的交错,迷人的水韵,醉人的荷香,栖息的蜻蜓,翩翩的水鸟,戏荷的游鱼,晨练的市民,远来的游人,无不是夏日汉城公园一道道独特靓丽的风景。

席慕蓉曾说过:莲的心事,无人能懂。

我不是席慕蓉的铁杆粉丝,但我确实也读过她的不少诗文。席慕蓉说莲的心事,无人能懂,似乎有点过。说它是一首关乎爱情的朦胧诗,我赞同;说它是一首借景抒情的哲理诗,我也不反对。但我也总觉得它与《庄子·秋水》中惠子的一句"子非鱼安知鱼之乐"应该有异曲同工之妙。个中真味好像至今我还没有真正弄明白。

莲不像牡丹雍容华贵，不像菊花团锦簇，也不像梅迎寒吐蕊，然而，她内敛而不事张扬，奉献而不求索取，无怨无悔，默默奉献，甘为酷暑播馨香，送清凉。是的，我喜欢莲，喜欢她"陆上百花竞芬芳，碧水潭泮默默香。"更喜欢她"不与桃李争春风，七月流火送清凉。"

莲扎根污泥，洁身自好，从不沾污纳垢，从不屈从环境，浊世中不随波逐流，安身立命，随遇而安，始终保持天生丽质、清新素雅的本色。是的，我喜欢莲，喜欢她的香远益清，喜欢她濯清涟而不妖的品，更赞美她出淤泥而不染的质。

在莲盛开瞬间，生命的美丽便开始走向凋零，但她一刻也没有放弃生命的绽放。是的，我喜欢莲，喜欢她虽经雨打风吹仍做本真自我，活精彩人生的执着，更喜欢她生如夏花之绚烂，死如秋叶之静美的崇高。

岁月静好，到处是风景。在"千古龙飞地，帝王将相乡"的沛县，远离喧嚣的闹市，让我们慢下疾行的脚步，欣赏碧荷的婀娜多姿、绚丽静美，品味荷风清韵、莲香禅意。在注目"接天莲叶无穷碧"之际，让我们一起用心去慢慢品读这一花一草一世界，用灵魂去体悟别样的人生情愫吧。

沛之秋

梧桐落一叶而天下知秋至。我的眼前正有一片梧叶从枝上飘落下来，不疾不徐，从容淡然。不经意间，已与秋不期而遇。哦，沛县已经是秋天了。

"秋天，无论在什么地方的秋天，总是好的。"没想到，家乡沛县的秋天会如此之美。

沛县的秋天是美丽的。百花满园春，凉风习习夏，硕果累累秋，白雪皑皑冬。沛县的四季都迷人，但沛县的秋天最可爱。每到秋天，我总会想起微山湖畔的芦花莲藕，安国湖湿地的野鸭鸥鹭，歌风台的慷慨高歌，汉城公园的夜月星辉……不错的，沛县秋的天空，高远辽阔而深邃，清新悦目而爽朗。天更蓝，水更清。蔚蓝天空，一碧如洗，犹如空中之镜；微湖夕照，烟波浩渺，"秋水共长天一色"。漂浮的白云，冲天的仙鹤，南飞的归雁，倒映在沿河秋水碧波之间，如诗如画，似梦似幻，让人流连忘返。

沛县的秋天是醉人的。谁说只有春夏才有花的海洋？秋天的任庄花海也足够惊艳。菊有黄华，花开正好，满眼阳光，温暖安详。遍野的菊花如霞似火，如云似锦，勇于傲霜怒放发清香，敢于豪情壮志舞秋风。时值中秋寒露，"抬头可望明月思乡怀人，低头可赏花对饮陶醉秋意。"大屯关庄数百亩金黄色向日葵已经悄然盛开。徜徉在盛开的花海，宛如行走在梵高的绝美油画里，撩你眼球，煽你情动。一位身穿黄色衣服的小女孩蹦蹦跳跳追赶着翩飞的蝴蝶，转眼间消融在花海中。一群青春少女，白色的衣裳，红色的小帽，甜美的笑容，倍显出小清新文艺范。给点阳光就灿烂的向日葵随秋风起舞，金色浪潮此起彼伏，田野里弥漫着馨香，就连呼吸都有着阳光和花草的甜美味道。美丽的秋天是醉人的。心中有爱，种下一棵葵花，生活便会一路阳光；心若向阳，无私无畏，一种颜色也足以迷醉整个秋。追求阳光弯腰鞠躬的向日葵不正如佝偻着腰身的父辈在向大地深情倾诉吗？对太阳的不懈追求不正是生活中我们初心不改，对理想信念不言弃不放弃执着精神的写照吗？

　　沛县的秋天是静谧的。好雨知时节，当秋也发生。凌晨时分，下起了入秋以来的第一场雨，尽管滴答滴答，姗姗来迟，还应该说是一场浪漫的秋雨！我没有丝毫嗔怪它的意思。因为我知道，这场秋雨很缠绵，正如美好的爱情，来了就不会轻易再走。绵绵秋雨从盘古开天而来，穿春秋越战国，历秦汉经明清，一路尽观日月星辉，沧海桑田，一路阅遍家国兴衰，人间悲欢。不禁让人感慨，生命的精灵竟能承受如此之重。夜深人静之时，独坐书房，或漫步书山，徜徉书海，远离尘世喧嚣，静享读书之乐；或品一杯香茗，爬格素笺，任绵绵情思赋成悠悠诗意；或倾听秋风轻快活泼的低吟浅唱，醉享秋雨婉约缠绵的欲说还休。

　　沛县的秋天是厚重的。有人说，以古为鉴，可以知兴替；有人说，秋天来沛县的人会更加清醒和自信。"千古龙飞地，一代帝王乡"的沛县，有着悠久的历史渊源和深厚的文化积淀。璃井清泉、樊巷晓烟，见证了历史兴替；歌风古碑、射戟遗台，记载了历史深沉。许由沛泽隐居，老子临泗悟道，孔子来沛问学传千古美谈，孟子、庄子、荀子、韩非子等文化巨子放睿智光芒。大汉高祖和他的"五里三诸侯"伙伴们也在故乡留不朽传奇。司马迁、班固、李白等文化名人相继来沛，秋风送爽，把酒临风，引吭高歌唱大风，也给沛县历史的高远天空增添了诸多文化色彩和厚重的历史底蕴。

沛县的秋天是收获的。2018年秋天，沛县强势入围"全国综合实力百强县"，意气风发走进新时代。沛县城市滨湖，水脉纵横，生态优美；成熟的水稻，颗粒饱满，沉甸甸地压弯了腰，犹如金色的海洋；柿子熟了，挂满枝头，犹如满树的红灯笼点燃。百里大沙河，秋光潋滟，水天一色，果树飘香，人醉其中；万顷微山湖，碧水白帆，红荷锦鲤，让人垂涎；千岛湿地，芦苇荡荡，鸥鹭云集，游人如织；安国湖湿地公园，芦花飘飘，仙鹤翩翩，野趣浓浓，诗意惹人；沛公园行道树，一行行，一排排，粗大的法桐树，枝叶婆娑，遮天蔽日，虽没有金秋的香山万山红遍，层林尽染，但片片桐叶也染红了秋，染出了沛县别样的秋韵。最是秋风惹人醉，看，桐叶飘飘，空中翻舞，旋转飘落，盈满诗意；秋风秋雨中，是谁还在那里倾听着一叶知秋的美丽？

古人多悲秋。"一声梧叶一声秋，一点芭蕉一点愁。"秋雨绵绵，桐叶声声，雨打芭蕉，秋上心头，"这次第，怎一个愁字了得！"秋色易绘，秋意难描。我们呢？是像古人一样在怅然若失中抒发不知秋思落谁家的感慨，还是以"晴空一鹤排云上，便引诗情到碧霄"诗句自勉？聪明的你，一定是看到了，秋风掠过，大地馈赠遍地金黄，秋叶飘落，化作春泥更护花。这多彩的秋天啊，早已将生机盎然硕果累累的古沛大地拥抱入怀了。

秋之歌

凉风至、白露降、寒蝉鸣。难耐酷暑去，天凉好个秋。

立秋后的天空宛如清新脱俗的美少女，让人赏心悦目，心旷神怡。

俗话说，一叶知秋。我想知道，秋天究竟是先从哪片树叶开始的。我喜欢静听庭前花开花落，喜欢坐望天上云卷云舒，更喜欢看片片秋叶随清风曼舞。叶生有日，落叶有时。秋叶蝴蝶般的空中飘荡，时急时缓，如行云流水般的诗行在眼前自由地翱翔似的。那飘落的秋叶哪里是生命的终结，分明是另一种新希望的开始。它一生平淡素简，默默无闻，甘当绿叶，奉献了绿色，最后用生命的颜色成就了秋的不朽诗篇。平淡素简是生命本色，有些东西越素淡无奇，或许维系得越牢固越长久。

银杏叶开始变黄了，一片一片在风雨中飘落，小路铺上了一片金黄，行走在软绵绵的银杏树下，好像穿越在童话般的时空隧道里。看，一位少女在那棵古老的银杏树下，捧一抔黄金叶，好像在倾听一叶知秋的美丽！

枫叶在秋的季节里开始了它生命的辉煌。看吧，深秋山间，夕晖晚照下，枫叶流丹，层林如染，真远比江南二月的春花还要火红，还要艳丽呢！秋的生命力使秋天的山林同样呈现出一种热烈的、生机勃勃的景象。难怪杜牧老先生还要"停车坐爱枫林晚"了。

秋雨绵绵如牛毛，点点滴滴似相思。在古人眼里"一声梧叶一声秋，一点芭蕉一点愁。"李清照的"梧桐更兼细雨，到黄昏，点点滴滴"更是以秋雨飘落梧桐写尽了凄凉悲伤、哀思愁怨。然而，我更喜欢品味雨打芭蕉、秋雨梧桐诗句的销魂和意境的曼妙。雨打芭蕉，秋雨为谁绵？雨落梧桐，桐叶为谁飘？在"欲说还休，却道天凉好个秋"的夜深人静时分，饮一杯茗茶，倾听它轻快活泼的低吟浅唱，醉享它婉约缠绵的欲说还休。那情那景，妙不可言，宛如在人间三月的江南雨巷里遇到了那位撑着一把油纸伞、结着愁怨、丁香一般的姑娘。是谁折一枝莲荷，淡淡风雨处，浅笑嫣然，心似莲花盛开？是谁乘一叶扁舟，长亭日暮时，争渡，争渡，惊起一滩鸥鹭？温婉清纯的秋犹如一幅清新可人的山水画卷，永远蕴含着隽永绵长的诗情画意。

秋是一篇优美的抒情散文，又是一首脍炙人口的小诗。"相逢不语，一朵芙蓉着秋雨。"直到那一朵芙蓉盛开，与秋水共长天。无论大处着眼，还是小处落笔，秋，都像如歌的行板，润开了心旷的天空，送来了神怡的气爽，让人感到满满的都是秋的正能量。

因为秋，我爱上了四季；因为四季，我爱上了脚下这片土地。

为什么我的眼里常含泪水？因为我对这土地爱得深沉……

飘雪的日子

节气已进入大雪，沛县的冬天只有寒冷，还没有飘雪。对于一个苏北内陆城市，冬天没有雪，似乎还不是一个完美的冬天。

"白雪却嫌春色晚，故穿庭树作飞花。"在微信朋友圈铺天盖地的转发、呼唤和期盼中，雪，约好了似的，说来也就真的来了。虽是久违的重逢，却还能如期而至，没有爽约，自然会让人欢欣鼓舞一番。

沛县的雪确与别处的雪不同。

沛县的雪下得可"贼"啦。凛冽的北风刮了半天，往往还是毫无下雪征兆，或者说可能是在酝酿下雪的情绪。天只是冷，冷得让你躲进屋里。可到了夜深人静、万籁俱寂之时，雪总会在悄无声息中"随风潜入夜"。书房夜读的你似乎听到了窗外窸窸窣窣的声音，继而还会清晰地听到有扑簌扑簌雪从树叶上下落的动静，偶尔还能听到枯枝被雪压折的声响。难道这就是唐白居易《夜雪》中"深夜知雪重，时闻折竹声"的意境？

大雪无痕，落雪无声。一夜之间，大雪已悄然潜入了泗水大地。落了雪的沛县城银白一片。路上、车上、树木、楼上，全都披上了一层厚厚的洁白棉纱。窗外不远处，蓬松的雪，毛茸茸的榕树上，风过处，玉屑般簌簌落下，仿佛挂满了一树的童话。

单元楼里几个早起的孩子"咕咚咚"一溜烟地冲下了楼，满雪地里跑开了。地面上，积雪埋没了脚面，踩上去"咯吱咯吱"作响。远处，可敬的物业环卫人员正在清扫路上的积雪，他们头上、身上全白了，雪人样子。调皮地雪花纷纷飘落到我的身上、头上，转瞬间却又不见了踪迹。钻到脖颈处的雪花凉凉的，痒痒的，润润的，别样的滋味。我弯下腰，捧起一抔雪，用力捂成一个雪球，冰凉但不刺骨，这是一种久违的感觉。

和南方轻飘飘、翩翩飞舞的雪花相比，沛县似乎少了古道旁红衣白雪相约牵手的浪漫，却多了白皑皑的雪中自由自在奔跑的孩子和辛勤劳作的环卫人员；和北方寒风劲吹、鹅毛大雪的雪天想比，沛县似乎少了冰雕玉砌、雾凇晶莹，却也多了玉树琼枝、银装素裹的景色。

踏雪寻梅，不仅是文人墨客的浪漫，更是富有雪的诗意和灵动。小区里，"墙角数枝梅，凌寒独自开。遥知不是雪，为有暗香来。"沛公园可就不同啦，"疏影横斜水清浅，暗香浮动月黄昏"，白雪覆盖着一株株或淡黄、或粉红的腊梅，又让人想到了元代王旭《雪中看梅花》：

  两种风流，一家制作。雪花全似梅花萼。细看不是雪无香，天风吹得香零落。

  虽是一般，惟高一着。雪花不似梅花薄。梅花散彩向空山，雪花随意穿帘幕。

"梅须逊雪三分白，雪却输梅一段香。"梅雪并举，伯仲之间，红妆素裹，美极妙极。白雪暗影下灼灼盛开的梅花与踏雪而来的我们没有擦肩而过，定格精彩瞬间，实在是飘雪冬天沛公园的一大美景。雪是春的使者，冬天的精灵。孩子们堆雪人、滚雪球、打雪仗，追逐奔跑，甚至会在雪地里打个滚儿，宛如童话世界中快乐幸福的小天使。孩子是雪中一道亮丽的风景，白雪梅花又何尝不是一首人生的赞美诗呢？

热情好客的沛县人总会在雪天找出点事做。"绿蚁新醅酒，红泥小火炉。晚来天欲雪，能饮一杯无？"屋外，天寒地冻，暮色苍茫，风雪大作；家中，炉火已生，沛公美酒新热，只待朋友早点到来。或到大街小巷，寻一百年老店，点上一盘飘香的鼋汁狗肉，喝上一碗热气腾腾的沛风羊肉汤或老味道冷面，那滋味才真的叫一个爽。或手里捧着一个香喷喷的烤红薯，一边吃着一边逛着，看着人民路、香港街两旁琳琅满目的商品，也是一种温暖惬意。当然，还有那留有童年记忆的冰糖葫芦更是孩子和年轻人的最爱。一串串红彤彤的山楂被晶莹透明的糖膜包裹着，咬一口，嘎嘣脆，品一品，酸中带甜甜中带酸，唇齿留香。冰糖葫芦又酸又甜的味道，煞是诱人。

雪后初晴的沛县是极美的。蔚蓝的天空一碧如洗，冰雪世界晶莹剔透。空中飘舞的雪花，诗样情怀，梦样舞姿，日光下熠熠生辉，妩媚极了；地上氤氲升腾的雾气，如梦似幻，迷离仙境一般。放眼歌风台：大风高歌，金戈铁马，大汉天子，英姿勃发；注目龙飞地：古树苍穹，水墨丹青，泗水古道，银龙静卧。

春有花，夏有荫，秋有月，冬应有雪。心中有爱，四季皆有诗意栖居，心中有暖，飘雪的冬季也会温情浪漫。沛县飘雪的日子，真美。我喜欢。

安国湖湿地在等你

沛县，位于江苏省西北部，素有江苏北大门之称。新县城西北10公里处有一座千年古镇，这里是汉代开国皇帝刘邦的故乡，从小生活的地方（刘邦店村），也是汉初三相安国侯王陵、绛侯周勃、颖阴侯灌婴出生地、成长地（安国集、周田村、灌婴村）。这座古镇便是素有"一帝三丞相，五里三诸侯"之美誉的安国镇。

大沙河穿境而过，哺育了两岸一代代百姓；境内煤炭资源丰富，曾经极大地拉动了经济发展。但是，由于境内张双楼煤矿开采多年，后续治理又没有跟上，造成了一万五千余亩土地塌陷。塌陷区一度垃圾遍地，水质遭到破坏，水土流失严重。公路被拉煤炭拉煤矸石超重车压的千疮百孔，坑坑洼洼，犹如蜂窝煤。车辆驶过时，老爷车一般，一路颠簸得非常厉害，又像是在跳着摇摆舞。晴天煤尘飘飘，居民关窗闭户，雨天泥泞飞溅，行人纷纷躲闪。矿区周边环境不断恶化，也给群众生产生活带来极大不便。近年来，安国镇党委、政府有了进一步认识："我们既要绿水青山，也要金山银山。宁要绿水青山，不要金山银山，而且绿水青山就是金山银山。"党委书记王金敏也在不同规格的镇工作会议上多次强调：改造大自然，要尊重大自然，要坚守生态底线，科学发展，绿水青山才能真正变成金山银山。

经过专家多次实地考察，科学论证，2012年5月安国湖湿地被江苏省林业厅批准为省级湿地。2015年底被批准为国家湿地公园（试点）。安国湖湿地依托对采煤塌陷地进行生态修复，土地集约利用，并结合南水北调尾水导流工程进行建设，规划建设面积十平方公里，总投资约十五亿元人民币，是全县最大的生态工程。该项目突出"美丽安国、生态家园"主题，从水质净化、湿地景观、生态修复、环境保护、大汉文化五个层面打造生态湿地。项目区划分八个功能区：包括十里芦苇荡、百果花园岛、千亩荷花塘、万鸟栖侯区组成的天然生态区、表流净化区、湿地体验区、科普教育区、观光农业区、林带涵养区、汉文化主题区和荷塘游憩区。

三前年我就去过安国湖湿地。那时候，涉及地质地貌修复、土方、水利、水质净化、道路铺设、服务设施等一期工程已基本结束。一期工程完成后，能明显看到塌陷地的地质地貌得到了有效治理和修复。湖中芦苇葱郁，荷花飘香；小路曲径通幽处，路旁水杉、垂柳、枫杨、女贞、红叶石楠等随处可见。水域西南侧及西北侧设置绿色屏障，把沛县经济开发区和龙固园区处理过的尾水引流导入湿地，通过表面流湿地工程、生物滞留塘、跌水围堰等多层次净化，水质从一级A标准，提高到了地表三类水标准；作为灌溉水源地，有效解决了西部高亢地区近四十万亩农田的排灌用水难题；矿区周边环境得到有效改善，新修建的亭台楼榭、花园广场、汉文化主题公园为群众提供了休闲养生的娱乐场所。

时任安国镇党委书记的王金敏在介绍安国湖湿地时说：下一步，要把湿地东区作为生态湿地保护区规划建设，建设成集生态保护，休闲观光科普教育、湿地研究等于一体的国家级湿地公园；湿地西区要开发利用好现有的塌陷地资源，通过发展现代旅游业，进一步改善自然生态环境，建设环境友好型旅游项目，增加农民收入，探索走出一条塌陷地治理、生态湿地修复、文化旅游三位一体的新路径。同时，要把湿地建设与汉之源特色镇结合起来，充分利用好刘邦店、三诸侯等汉文化资源，建设集"吃、住、游、购、娱"为一体的生态园林景观，实现环境效益、社会效益、经济效益三赢，营造"天蓝、地绿、水清、人和"的湿地生态美景。

就是在那个时候，我被安国敢为人先、奋发作为所感动，也就是在那个时候，我就有了为大美安国湖湿地写一篇文章的想法了。

三年后的今天，也就是2018年4月24日的上午，我作为一名文学爱好者随着沛县微山湖文化研究会的知名作家一行二十多人深入县水利工程一线进行采风创作活动。我们从二招乘车出发，沿着丰沛公路、大沙河观光带等线路先后到李庄节制闸口、安国湖湿地风景区、县地表水厂、千岛湿地、微山湖取水口和石灰窑大沟多个采风点。其中，大沙河两岸风光秀丽美景如画，安国湖湿地风光旖旎浑然天成给我留下了特别的印象。

车从安国湖湿地西门进入。首先映入眼帘的是水质净化区和现代农业观光区。道路两旁，水杉立岸，垂柳依依，飞鸟游鱼，水流花开，自得其乐。再往东行，千亩荷塘，映入眼帘。墨绿延绵，一望无际，荷叶田田，莲花绽放。看那荷花，红的娇艳，白的可人，或含苞待放、娇艳欲滴，或芙蓉出水、清香四溢，还有的凝眸含羞，沉默不语，宛如一位娴静美丽的女子，似在展示着帝王乡的柔美风情，似在静待游人前来如约赴会，又似在静等能读懂自己的心上人，牵手一生了红尘。

荷花深处，游人荡舟，赏荷采莲，拍照留影，欢声笑语，兴致盎然。迷人的水韵，醉人的荷香，栖息的蜻蜓，翩翩的水鸟，戏荷的游鱼，远来的游人，无不是夏日安国湖湿地一道道独特靓丽的风景。蓝天、白云、碧水、红荷、绿叶相互辉映，一幅"接天莲叶无穷碧，映日荷花别样红"的秀丽画卷展现在我们眼前。

车在弯弯曲曲的小道上继续穿行。在湿地中间偏东南方向有一处采摘园，路两边葡萄园的葡萄已陆续进入采摘期。隔窗望去，一串串晶莹剔透、浑圆饱满的葡萄沉甸甸地悬挂在翠绿的枝蔓间，着实惹人怜爱。一股成熟的葡萄特有的香气飘入车内，我想，这时如若下车摘下一串葡萄品尝，定会丝丝甘甜，沁人心脾。烈日当空，却阻挡不住游客采摘葡萄的兴致和热情。虽满头大汗，但他们那种快乐的心情是别人无法体会到的。同行采风、新当选为沛县诗词家协会主席的孙亭说："前天，我和几位同事刚来这里采摘过葡萄。这里的葡萄全部采取有机种植方式，纯天然无污染。果粒大、肉质细嫩、甜蜜多汁，品种有十余种。刚采摘下来的葡萄吃起来更新鲜，味道更地道。来这里采摘，不仅能领略田园风光，还享受了采摘的乐趣，体验了劳动的快乐。"

车在湿地东门入口处停了下来。车刚一停稳，原副县长、县文学创作团团长朱广海、原人大副主任甄承民、《歌风台》主编宋传恩、《微山湖文化研究》主编黄清华等和几位年轻的美女作家们急匆匆地走在了前面。他们边走边说，面对美景还不时停下来合影拍照。走在后边的原副县长吴爱民老大姐边走边跟我介绍说，安国湖湿地面积比潘安湖湿地大多了，美多了。潘安湖规划早，起步早，宣传的到位，这些都应该是安国湖湿地好好借鉴的地方。我说，只要科学规划，精准定位，加上政府的支持，说不定哪天安国湖湿地也会名扬天下呢！吴爱民肯定地说："有这种可能！"

正说着，一群游客先我们来到了湿地东区亲水平台。这里是观景的绝好去处。

这里游客很多，自助行的、组团行的、江苏的、河南的等等，来自全国多地的游客很多。蓝天白云，纤尘不染。偶有丝丝凉风从耳边吹过，让游人忘记了夏日的酷暑。迫不及待跑上木桥的姑娘们，叽叽喳喳、欢呼雀跃、拍照留影。微风过处，木桥边，杨柳依依，触手可及。她们将纤纤玉指送上前去欲轻轻捏住，不想柳枝却调皮的随风远去。等再次飘回，在风中嬉笑着捉住，姑娘们又轻轻地将鼻尖凑上。不知美女妩媚了柔弱无骨的柳枝，还是柳枝扮靓了风情万种的靓女？

男士们则迈着优雅的步伐紧随其后。烈日下，他们或站、或蹲、或弯腰取景，或指挥美女往左还是往右，忙的不亦乐乎！当起临时摄影师的绅士们，为她们留下了精彩瞬间：姑娘们开心的笑脸倒影在清澈的湖水中，像一朵朵盛开的莲花。

这里，湖面开阔，一望无际，水天相连，烟波浩渺。我和采风团其他几名成员快步走在回曲木栈道之上，也来到亲水平台。虽头顶艳阳烈日，冒着炎炎酷暑，仍能感受到湿地清流碧水，芳草如茵，鲜花馨香，幽静清凉。远处，湖中鹤立鹭舞，野鸭游弋。近岸，鱼翔浅底，清晰可见。就在我们争相拍照留影之际，两只大的白鹭突然从我们附近振动羽翅飞向了天空。片刻之间，一群群洁白的白鹭相继飞起，在半空中盘旋，然后飞向芦苇荡深处，越飞越远。

"快看！好漂亮的鸭子！"这时，大伙儿顺着游客手指的方向往湖中望去。"呵呵！那不是鸭子，那是一对鸳鸯啊！""鸳鸯？咱们这里还有鸳鸯？"诗人如月感慨地说："是啊！以前水源污染严重，水环境也遭到破坏，咱们这里是见不到这么漂亮的鸳鸯的。近几年来，政府高度重视，进行了多次改造，水质有了改善，有效的保护，修复了生态环境，有了适宜的生存环境和空间。这里是十里芦苇荡，鸳鸯和各种水鸟也当然都愿意来这里安家啦！"

博学多识的黄清华老师介绍到：安国湖水系纵横，河网密布。湖边浅水处，河畔滩涂边，芦苇丛生，绿波涌动，形成了绵延十余里的野生芦苇荡。这里的芦苇层层叠叠，扑朔迷离，野性十足，富有个性。摇曳多姿的芦苇衬着似云非云似雾非雾的湖面，鸟禽和谐相处，水苇相映成趣，本身就是一幅画，更是一首诗。春天苇芽初绽，破土而出，生机盎然；夏日芦叶叠翠，芦絮盛开，似碧波荡漾，又似夏日白雪，煞是迷人；秋日芦花瑟瑟，显得悲壮而又洒脱，别有一番风韵；冬日芦叶垂落，芦花散尽，宁折不弯，即使被压成了苇箧，被编成了芦席，也要带着故乡的味道走向远方。

芦苇青青，遮天蔽日，是夏日鱼虾清凉所在，更是鸟禽的乐园和天堂。芦苇荡里栖息着成千上万只飞禽。大大小小的鸟窝随处可见。在这里经常出没的有白鹭、仙鹤、野鸭、野鸡，更多的是百余种叫得上叫不上名字的野鸟野禽。习习凉风中你可以听到远处传来的各种鸟禽的鸣叫声，你可以看到空中飞翔的鸟儿，也可以看到小岛上休息、林间觅食的上百只白鹭，场面蔚为壮观，颇有情趣。更让人赏心悦目的是有时还可以看到成群结队的白鹭争抢鱼虾的湿地大美场面。

最可爱的是湖中成群的野鸭。灰灰的羽毛，叫声也不好听，但他们个个机灵鬼似的，十分讨人喜爱。野鸭们机警过人，警惕性极高，稍有风吹草动，特别是看到有人靠近时，它就会惊慌失措或突然一个猛子扎下去不见了。一会儿，你会看到它在几十米开外又猛地探出头来，四下里窥视一番，然后又悠闲自得地浮到水面上。向我们示威似的，又像是在向我们展示自己高超的潜水技艺。多么可爱的小精灵呀！

岁月静好，到处是风景。让我们：慢下疾行的脚步，远离城市的喧嚣，欣赏花木的婀娜多姿、绚丽静美，品味荷风清韵、莲香禅意；看一看安国湖湿地的精灵，吹一吹湖上的清风，聊一聊帝王乡的前世今生。

如果你是摄影爱好者，请来安国湖湿地吧！

如果你是一位驴友，请来安国湖湿地吧！

如果你是一位热爱生活的人，请来安国湖湿地吧！

安国湖湿地在等你！

火树银花不夜天

近年来,"千古龙飞地,一代帝王乡"的沛县乘着高质量发展东风,强化发展意识和责任担当,努力谱写了"强富美高"沛县建设新篇章。各项事业得到了长足发展,城市面貌日新月异,多项经济与社会发展指标都走在了全国县市的前列。春节来临,许许多多家乡骄子纷纷从海外及全国各地回归故里,带着乡音乡情乡念齐聚一堂,他们渴望看到家乡的建设发展成就,于是,相关部门就精心策划、组织了"火树银花不夜天"这样一场精美的年夜大餐,让沛县父老乡亲与海内外游子共享沛县发展成就和欢乐时光。

大年三十下午,在南京工作的女儿也放假回家了。我开车从汽车站把女儿接回家。妻子边做着晚饭边说:"除夕了,一家人团圆了,今晚我们去好人广场逛逛夜景吧!"饭桌上,妻子绘声绘色介绍着,把沛县的夜景渲染得美轮美奂。

晚饭后,一家人步行前往灯会现场,还未到达好人广场,远远就看到蜂拥人群潮水一般。随着夜色来临,景区的灯瞬间被点亮了——彩灯夺目，光影摇曳，灯景交融，闪烁迷离，把新年装扮得光彩照人。璀璨的灯光、迷人的夜景、多彩的鲜花，给人以全新的视觉再现，让人感受到浓浓的节日气氛。游客徜徉于数十米长的时光隧道，仿佛置身于繁星之下，沉醉于灯海之中，有"人在灯中游，灯从景中生"之感。

在正阳路和汤沐路交叉路口，宫灯样式、中国梦样式和玫瑰花样式等多种特种造型的灯饰煞是吸人眼球。"今年的景灯展示真是太漂亮了！真有南方大都市的韵味。让我们早早就感受到了新春的味道。"几位正在灯前拍照留影的年轻人相互交流着。几位正在摆姿势的女孩说："拍好看点，把灯拍全，马上发朋友圈。"手机、相机闪烁不停，兴奋、喜悦溢于言表。

好人广场向西，农业银行正上演一场灯光秀。农业银行曾一度是沛县建筑地标，过去从徐州来沛县，远远看到的就是这座沛县第一高楼。曾几何时，这座沛县人引以为豪的最高建筑早已被鳞次栉比的高楼大厦所代替。可是，今天的农业银行大楼，在楼上灯光变幻、不同光影组合中显得更加靓丽、出众，依然展现出了的建筑物特有的风格内涵和农行人的非凡气质。农行楼前花团锦簇、灯景贺岁。华丽的宫灯旁，一群快乐的舞者，正奉献给沛县人民一场喜庆的春节文化盛宴。

赏灯夜游汉城公园是不可多得的好去处。当夜幕悄然降临，最惬意的还是畅游沛县汉城公园。那些在电视里才有的"乱花渐欲迷人眼"的场景，就这样真实地展现在我们面前了。

水陆大型灯组把拱桥、垂柳、汉魂宫古建筑区装扮一新。树枝灯串五彩斑斓，亭台楼阁流光溢彩，拱桥水波交相辉映。五光十色的花灯应和着汉城湖的盛景，大美而灵动。水面上，盛开的莲花灯、如梦似幻的游船让人驻足；拱桥上彩色壁灯变幻多姿，勾勒出桥体层次分明的轮廓，烘托出了拱桥的弧形之美。走在新建的湖上栈道，远望汉源宾馆，多彩灯火，熠熠生辉……汉城景区夜色迷人的魅力呼之欲出。从夜空中俯瞰，从水中仰望，浪漫汉城夜幕下，水景与灯火交融，游人与欢乐相伴，身临其境不仅令你大饱眼福，而且还会让你切实感受到什么才是灯火沛县不夜城。

据灯盏布置的相关负责人说："这次新春灯会主题鲜明，很好地将传统的新春灯会、民俗文化与沛县的汉文化等元素融合起来。着力打造一场年味浓、时间长、效果好的灯会，展示家乡红红火火的喜庆文化和浓浓的年味，让回家过春节的年轻人更有看头，更好地了解家乡变化，更好地建设家乡。"

灯展布置别具匠心，可谓一路一味道，一区一特色，一步一景色，处处养眼，景景怡人。

正阳路南段，大红灯笼高高挂，一幅红红火火过大年的热闹景象；北段鼓楼小区，沿街楼宇顶部及外立面，暖色灯光装饰，凸显江南民居迎新韵味。道路两侧的灯柱上，祥云加灯笼的灯饰通体发亮；灯光以静态暖色为主，局部动态光点缀，整个正阳路呈现出温馨、典雅、舒适的环境。

汤沐路、东风路车辆行驶较多，灯光布置以闪烁白色灯光为主。东风路上的县体育馆外墙以动感单色元素为主，配以体育元素灯饰，通过光源的搭配、互补，整个墙体看起来光彩照人，韵味十足。动态灯光不时变幻出不同的运动图案，秀出了沛县体育运动的激情活力，展现出了体育健儿积极向上的竞技精神。

火树银花不夜城，姹紫嫣红沛县年。除夕之夜十一点，我和孩子们才依依不舍从街上回到金地花园小区楼下。这时，小区内一声轰响，烟花腾空而起。烟花似火树烂漫、金菊怒放，又似天女散花、流星雨落，色彩斑斓、各具形态。邻居马先生燃放的烟花与众不同，空中绽放的烟花有的像银河闪烁，有的像庐山瀑布，有的像一张张笑脸，还有的像一串串神奇的珍珠项链。每燃放一次烟花都会赢得围观者的一片欢呼声和赞美。随后，烟花爆响声，此起彼伏，剑桥府邸、城投御园等小区拉开了一场精美绝伦的烟花迎春大戏。除夕之夜，绚烂多彩的烟花点亮了沛县的夜幕，给市民带来了一场异彩纷呈的视觉享受、精神盛宴。

年年岁岁花相似，岁岁年年灯不同。期待沛县明年迎春灯展更精彩，新春佳节更热闹，文化魅力更独特，人民生活更美好。

梦幻周庄

　　周庄位于苏州城东南，隶属昆山。是江南典型的"小桥、流水、人家"。吴冠中撰文说"黄山集中国山川之美、周庄集中国水乡之美"，海外报刊称周庄为"中国第一水乡"。周庄最为著名的景点有富安桥、双桥、沈厅。富安桥是江南仅存的立体形桥楼合璧建筑；双桥则由两桥相连为一体，造型独特；沈厅为清式院宅，整体结构严整，局部风格各异。

　　三年前的今天，我们来到了神往已久的周庄。很可惜，我们是过而未入。原因很简单，就在这一天，周庄的门票涨了，一下子由六十元涨到了一百元。朋友们一致说："不看了，不过是水乡罢了。"我想也是，号称江南水乡代表的同里我去过，角直我也去过，周庄也无外乎"小桥、流水、人家"，不看也罢。就这样，我们没有进入到周庄，只是在大门口看了看，就离开了。当然心里多少还是有些无奈、惆怅、遗憾。今夕离开，不知再来周庄是何年。没想到，这次离开，时间一晃就过去了三年。

三年时间，弹指一挥间。

苏北平原到江南水乡，千里的路在思念与憧憬中一步步地拉近。草长鹰飞四月天，我在太仓参加了中央教科所"传统文化与语文教学"课题组年会。一个偶然的机缘，我走进了周庄，实现了再赴周庄的梦想。

周庄以水为魂，无疑是一个寻梦的佳处。

平平仄仄的青石板路散发着江南特有的水腥味，斑斑驳驳的苔痕似乎在向游人述说着动人的故事，紧闭着的幽深而昏暗的院门隔着两个时空，关住了千年古梦，留下了美丽的传说。粉墙黛瓦间垂下的一抹浓浓的绿色，让你悄然心醉，恍然进入一个梦幻般的世界里。倒映在水中的石桥、树影，还有天上的云彩和飞鸟，本身不就是一幅迷人的风景吗？灰白的墙、青灰的瓦、悠悠的水、静静的桥、观景的人，一切不就是一幅充满诗情画意的水墨画吗？

一个细雨霏霏的春天，三毛从撒哈拉来到周庄，"三毛茶楼"便应运而生。尽管谁都知道三毛并没在这座茶楼饮过茶，但一批又一批的游人还是走进来，泡杯清茶，品口香茗，读几页三毛的书。一切都漂浮在如诗的梦中。三毛离开周庄后不久，就撇下曾经热爱与歌唱的生活到了另一个世界。苏轼《蝶恋花》里：燕子飞时，绿水人家绕。如今，燕子来了，绿水和人家还在，可少了三毛！在"三毛茶楼"，我们只是行色匆匆的过客。但有一个人，永远地留了下来，她就是三毛……

文人名士柳亚子比三毛早六十九年到了周庄，邀周庄南社社友陈去病诸人聚会"迷楼"。杯酒交欢，觥筹交错，一本文采斐然的《迷楼集》横空出世，醉倒了世人。"迷楼"临河而建，黄色的酒旗飘荡在风中，对面岸上杨柳依依，窗下小河波光粼粼，游鱼怡然自乐，远处是高高的小石桥，桥下是泛舟游览的人们。哼唱着江南小调的船娘缓划轻摇，船桨带起的水声宛若江南女子浅声抿笑，若响却无。小桥边洗衣姑娘们吴侬软语融人的心悸。倘若"迷楼"的李娘还在，还有哪个男人愿懒懒地躺在椅子上，尽享江南春日里的阳光？

"轿从门前出，船从家中过"的沈厅老主人明代儒商沈万三，曾不动声色地调度门前舟楫，运筹于僻巷之间，决胜于欧亚海外而富甲天下，让朱元璋都红了眼；沈万三确实太有钱了，帮助朱元璋修建了半个南京城；沈万三也确实太不懂政治了，富可敌国也是罪。欲加之罪，何患无辞？在中国史书记载的历史事件中，朱元璋与沈万三的较劲应是惟一的一次大政治家与大商人的角斗。最后，至高无上的皇权，必然地取得了胜利，沈万三落了个充军、流放的结局。一代财神，最后客死他乡。

穿过一条窄窄而悠长的小巷时，不由得让人想到戴望舒的《雨巷》。原来，演绎这首诗意境的绝妙佳处竟然在这里："撑着油纸伞，独自／彷徨在悠长，悠长／又寂寥的雨巷，／我希望逢着／一个丁香一样地／结着愁怨的姑娘。"优美的诗句油然而上心头。来此的游客们是否也希望在周庄的夜巷里，逢着一个撑着油纸伞、结着愁怨、丁香一样的姑娘，投出梦一般的太息的眼光，散发着丁香的芬芳。

远处划来一支橹船，摇橹人轻松愉悦地摇动船桨发出的节奏分明的吱呀声与湖水交织成一曲动静互融的恋曲，如同一首古老的歌谣，向人们倾诉周庄的过去与现在。周庄的水美就在这一桨一荡中展现了出来。坐在小小的木船上，在窄窄的河道中缓缓滑行，那形状各异的一座座古桥尽收眼底。

周庄最为著名的桥有富安桥、双桥等。富安桥造型独特，是江南仅存的立体形桥楼合壁建筑；双桥则由两桥相连为一体，横卧在水巷之上，桥面一横一竖，桥洞一方一圆，样子很像古时候的钥匙，所以，当地人也称"钥匙桥"。以双桥为题材的油画名作《故乡的回忆》，使旅美画家陈逸飞蜚声海内外，也使默默无闻四百余年的双桥走向了世界，让越来越多的人领略了中国水乡古镇的旖旎风情。"不知是双桥成全了陈逸飞，还是陈逸飞成全了双桥。"如今，陈逸飞已经离开尘世，可双桥依旧，仍在那里展现她迷人的魅力。

如果说眼睛是人心灵的窗户,那么小桥就是周庄的眼睛。桥是水的骨骼,有水就有桥。桥在周庄起着很重要的纽带作用,它是构成水韵周庄不可或缺的乐章。古老的石桥,形状不同,风格迥异。每一座桥都是一道不同风景,过一座桥,便换一道风景。而每一道风景里,无论你站在哪,都会成为这风景的一部分。站在桥上的行人低头看河里的船,坐在船上的乘客抬头看桥上的人,相看两不厌,双方的眼帘中都是动人的景象。人桥相伴,舟水相依,桥上的人成了船中人的风景,船中人成了桥上人的风景,这不就是卞之琳的《断章》中的意境吗:你站在桥上看风景／看风景的人在楼上看你／明月装饰了你的窗子／你装饰了别人的梦。

这就是周庄:宁静、梦幻、诗意。

  周庄可以游,但游到的往往是现实生活中的陈迹遗影——地上的周庄;

  周庄不妨赏,但赏到的多半是精神需求中的江南古镇——岸旁的周庄;

  周庄必须读,因为读到的可能是人生美学中的独特形态——水中的周庄;

  周庄贵在品,因为品到的也许是历史文化内的,乃至于生命哲学上的某种精粹——云里的周庄。

这是《云水之间读周庄》中的文字。真的很羡慕作者竟能于商市的喧嚣与浮华中有这般的感悟。

周庄是一个梦境,梦里不知身是客。

登峄山

　　峄山是一座历史文化名山，号称"小泰山"。因山中怪石万迭，络绎如丝，故名峄山。她北衍泰山之灵秀，东引沂蒙山系之诸峰，西瞰微山湖之银波，峄山虽方圆10余公里，海拔仅582.8米，但却以奇石叠垒，洞幽玲珑，集泰山之雄，黄山之秀，华山之险于一身的独特个性，与五岳之首的泰山斗美，更以奇、秀、灵、险而名扬四海，故有岱南奇观之称。

从小就生活在有着"千古龙飞地，一代帝王乡"美誉的沛县，家乡虽然没有青山环绕，却有绿水映天，给人一种别样的温情与柔美。
　　然而，登山却是我心中一直挥之不去的向往。
　　不必说有"仙的世界，佛的海洋"之称的四川峨眉山，不必说有"奇松、怪石、云海、温泉、冬雪"五绝佳天下之称的安徽黄山，不必说山上有湖、秋雁来栖的"东南第一山"浙江雁荡山，也不必说佛教圣地山西五台山……大大小小、有名没名的山，我登过不少。可离家乡沛县很近，被联合国教科文组织列入世界自然文化遗产名录，具有"五岳之首"之称的山东泰山我竟未登临过，实为一件憾事。

一个偶然的机会，我准备去山东登泰山。后来，听朋友讲，泰山雄，峨眉秀，比不上峄山的大石头。那么，去山东泰山怎么能绕过济宁邹县的峄山呢？为此，我们临时改变了泰山之行计划，稍稍绕了一个弯，便来到了峄山脚下。

在辽阔平原上突兀而起的峄山，远远看去，好像是在广阔的田野里用一片片巨石垒成的。"山如垒卵，大小亿万，以堆石为奇功。"峄山石，阔者里许，高者数丈，小者如大屋，大者如小山。怪石层层叠叠，孔窍幽邃，泉涌其间，峄山怪石或如龟似鱼，或如冠如丸，惟妙惟肖，少了雕琢，多了野趣，很有一番景致。作为峄山象征的子孙石，形似依依离别的夫妻石，血口大张、双目怒睁凶神恶煞般的海豹石，从五个不同的角度观看可显示出五种动物形态变幻多姿的五巧石等等，都让中外地理学家和旅游者叹为观止。孔子来此山（一说为山东蒙山）登高望远，发出了震撼千古的"登东山而小鲁"的感叹；秦始皇东巡齐鲁首登峄山，告祭山川，为一代王朝祈祷并留下了弥足珍贵的"秦峄山碑"；一代诗仙李白、诗圣杜甫结伴来此揽胜赋诗，抒发思古幽情；苏东坡、郑板桥、米芾也遍赏了峄山的风景，抒发了热爱祖国大好河山的情怀。一代又一代的迁客骚人、帝王将相，在此留下了诸多诗文墨宝、碑文碣石、摩崖刻石，留下了让人回味无穷的神奇传说，为峄山增添了奇异的历史文化光彩。

峄山，看起来不高，爬起来是真累。峄山西面是个漫坡，坡度也比较平缓，石头还不是很大。开始攀登时还不很费力，但只爬了约有百米的距离，石头渐渐大了起来，直径由三四米到五六米不等；坡也陡了，攀爬时须仰视方可；人也累了，脚步慢了许多，越攀越觉得吃力。仗着身体壮实，已远远走在前面的我如同孩童一般地在一块鬼斧神工般的巨石上跑了起来。突然，"啪"的一声响，哎呀，不好，我的小腿的韧带拉伤了，很严重的。

峄山不能上了，泰山更不能去了。我决定下山，在山下等我的朋友。但朋友们不同意，在他们的鼓励和帮扶下，我一拐一拐慢慢地往山上爬。……费了九牛二虎之力才爬到山腰。到半山的时候，我远远就闻到了一阵阵煎饼的香味，那味美的令我垂涎了几回，深深地吸了几口气。在烟火缭绕的道院转弯处，我突然发现一个煎饼摊子。一位五十岁左右的中年妇女在紧张地忙碌着。看到我正往她那儿一步一步地挪动，她急忙搬了个小凳子，紧走了几步，扶我坐下来。面摊的煎饼，可供选择的蔬菜，热情的服务，让我忘记了腿的疼痛。闲谈中，我觉得她是一位非常精明能干的中年妇女，丈夫在外打工，她一个人担起了照顾公婆和孩子的责任，非常的不容易。不知是我们的话语投机，还是被我的毅力感动，在我付钱时，她是坚决不收。在她身上，少了商人小贩的油腔滑调和虚伪，多了一份真诚和感动，可亲可敬的峄山大嫂！

无限风光在险峰。大自然为我们创造的那些有灵性的生命，具有神奇的生命力，让人叹为观止。人生犹如一次登山，欲览无限风光，须征服山路险阻，欲征服山路险阻，必先征服自我！这次登峄山，腿虽然受了伤，但我没有气馁，览山川美景的脚步一刻也没有停下来。

长白山行记

长春招聘

第一次去东北，便是到吉林长春。

长春五天之行，让我感受到了北方天空的寒冷和北方人的热情。

我随县教育招聘团一行六人前往东北师范大学招聘教师。一下火车，我便感受到了一种异常的寒风，刺骨的冷。北风吹在脸上，刀割一般。火车站广场上人流稀少，人们行色匆匆，不愿放慢脚步。这种快节奏在我们那里是少见的。

参加东北师范大学招聘会的学生成千上万，全国很多媒体记者都到了招聘现场。中国青年报记者和吉林当地媒体记者采访了我们。东北的大学生素质不低，这是我在其它地方的招聘会上见不到的。他们的一举一动，一言一行与众不同，他们的彬彬有礼，他们的慷慨陈词，他们的热情大方……在不同的同学身上体现的是那样自然而充分。一位李姓同学看到我们收到的材料太多时,他自己掏钱打的去市里为我们买了两个提袋,并且还帮我们送到车上。经过看材料、面试等环节,我们招聘了二十多名师范生。后来的教育教学实践证明了东北的师范生是能吃苦、有上进心的。现在,不少人还成了县中的骨干教师。

招聘之余,我参观了长春市的几处景点。但心驰神往的长白山之行竟未能如愿,心里有一种过而不往的深深遗憾。

后来,单位组织了一次赴东北考察学习活动。这是我第二次有幸去东北。学习计划中安排了参观长白山,我暗自庆幸能亲往长白山,一览她迷人的风采。

长白山上第一池

长白山位于吉林省东南部,是中朝两国的界山,也是东北著名的三江发源地。据史料记载,长白山是一座暂时休眠的活火山。火山喷发以后火山口形成了大漏斗状,雨水雪水地下水长时间积聚形成了现在这个驰名中外的长白山天池。天池积水面积约为9.8平方公里,平均水深为204米,最深处可达373米。而屹立在天池四周的十六座山峰是长白山火山喷发时,喷射出来的熔岩堆积在火山口周围冷却形成的,其中九座在我国境内,七座在朝鲜境内,特殊的地理、政治位置也进一步增添了长白山天池的神秘感。

导游说,群峰环抱,蔚为壮观的天池上空的天气是瞬息万变的:时云、时雾、时雨、时雪。云、雾、雨、雪不仅把天池装点得景观奇异、格外迷人,而且更加迷离虚幻,给人一种神秘莫测、腾云驾雾、飘飘欲仙般的美感。但也因天气的多变,很多人往往是乘兴而来甚至数次上山都无缘看到天池的容颜,以至于"败兴而归"也是常有的事。

学习之余,我们一行十人决定早早起来乘车去天池。

汽车在细雨中穿行在林海里，我们依次看到了茂密的阔叶林带，阔叶针叶混交林带、挺拔的针叶林带。过了针叶林带以后，山路越来越陡，车速也渐渐地慢了下来。车子随着陡峭的山路左拐右拐，摇摇晃晃，一路颠簸，车慢的简直就像蜗牛在爬山。在我们"步行爬山"的一致要求下，车子停了下来。

　　这时候，雨过天晴，空气也更加清新，大家的心情也都豁然开朗了起来。蔚蓝的天空下，我在寻找，想极力发现一栋小房子或生活的人家。梦想庄园没有出现，我却发现这里鲜花灿烂、绿草如茵，树木越来越少了、越来越矮了。"回看桃李无颜色，映得芙蓉不是花。"这里的杜鹃花漫山遍野，如彩云朵朵，霓裳飘飘，又似锦缎霞披，蔚为壮观；这里的高山菊一团团、一簇簇，姹紫嫣红，争奇斗艳，竞相开放；这里的长白乌头花迎风玉立，婀娜多姿，娇艳欲滴。我们留恋着这色彩斑斓的高山大花园，久久不愿离去。一问导游才知道，这是到了海拔两千多米的地方，应该是高山苔原地带了。

　　在导游的催促下，我们才依依不舍地离开高山花园，沿着陡峭而又狭窄的石阶，一步步地向天池攀登。在危险地段，台阶的两旁装有铁链，便于游客攀爬，同时确保了安全。可能是刚下过雨或山上水汽大的缘故，台阶上湿漉漉、滑溜溜的。可我们全然不顾，边欣赏着沿途美景边用相机或手机留下美好的记忆。不知不觉中我们就已经来到了山顶，站在了美丽的天池边上了。

　　这时候，最佳的观看景点和拍摄位置早已人山人海了，我们只好先在外围观看并在中朝界碑前留了影。这块石碑不是一块普通的花岗岩，它是中朝两国的国界线，彰显着国家与民族的尊严。我凝望着国徽和笔直站立在界碑旁威严的中国武警，一种民族自豪感油然而生。镜头闪烁的瞬间，定格了我永恒的记忆。远处一所小房子方向，不像这边人头攒动，冷冷清清的，几乎看不到人，据说，那是朝鲜的边防哨所！

我们有幸看到了晴空万里下的天池真面目。瑰丽的天池宛如一块空灵宝镜镶嵌在雄伟的长白山巅中心点。在天光水影的变幻之间，在奇峰危崖的环抱之中，天池像位美丽贤淑的少女静静地等着她心上人的到来。池中奇峰倒映，水面波光粼粼，那晶莹剔透的湖水上面浮上一层薄薄的水雾，犹抱琵琶半遮面般的感觉，梦幻迷人的让人遐想。湖中怪兽的传说又增加了天池的神秘色彩。如果说天池是一位待嫁的新娘，那么池边十六座各具特色的山峰，群峰竞秀，连绵起伏，就好像是前来迎娶天池新娘的队伍，又像是新娘忠实的守护神。我突然觉得，神秘天池变幻莫测的美妙我真的是无法用笔墨表达了，面对妙笔生花的文人墨客"观烟云缭绕，紫气生辉，宛若西天落霞"诗一般的文字，我只好自叹弗如，停笔驻足了。

我真的想停下行走的脚步，用眼睛去细细欣赏长白山的万种风情，用灵魂去慢慢感受长白山的神奇密码。长白山天池那种诗画般的如幻美景与博大雄浑深深地震撼了我，工作生活中的烦恼不快与心浮气躁也都渐行渐远离我而去了。

长白山上第一漂

长白山上第一漂，位于长白山西坡松花江源头松江河段，黄金漂流路线起点两江口，海拔716米，终点老松江村，海拔680米，全程6500米，水流落差36米。这里急流险滩随处可见，虽有惊而无险，但大都扣人心弦，非常刺激快乐。

漂流时，两个人一个皮筏，或是顺流而下，或是一同滑动船桨。在雨少或河道平缓处的时候，水流一般不会很急，可以躺在皮筏子上，仰望白云蓝天，什么都可以想，什么都可以不想；可以尽情欣赏这青山绿水间的悠然自得，享受这生态大自然的无限风光，感受这天然大峡谷漂流的无穷乐趣。遇到大的落差河段或湍流时，你会在尽情的尖叫与呼喊中释放工作和生活带来的压力，忘却工作生活中的许多烦恼和忧伤。

庆幸的很，我们这次漂流是在一场中雨之后。水深流激，平缓处虽仍可清澈见底，但激流处可见水花翻滚。河道蜿蜒曲折处，水流湍急，皮筏子顺势而下，时而碰到岩石激起浪花朵朵，溅在我们身上；时而原地打转，"浪遏飞舟"，前行不得；那种在水雾中泛舟前行的感觉犹如腾云驾雾般让人沉醉其中。

就在我们在千回百转中感受着"长白山上第一漂"的刺激与快乐时，同行的一居姓同事突然从皮筏子上掉了下去。他大喊着，手不停地挥动着。一阵惊慌失措之后同事大笑着涉水上了岸，手里提着一双鞋子，赤脚走在乱石突兀的河岸上。此处水其实并不深，我们虚惊了一场！在他落水的一刹那，我们急忙向他聚集，可忙里又出了乱子，一皮筏子上的双桨竟又被水冲走了。

在这里，认识的不认识的，都会拿起各种打水仗的工具，"锅碗瓢盆交响曲"，随时会让你措手不及，成为"落汤鸡"。"明枪好躲暗箭难防"，在你庆幸刚刚躲过一劫的刹那，冷不防又会中了旁边一位小姑娘的水枪。惊诧之余，已然"湿身"。当然，在这里，没有哪一位会因为"湿身"而动怒的。那句"不浇不成交"的漂流交友理论在这里得到了实践的检验。

还是张家讲究

随团外出旅游总是会担心途中时间长，景点时间短，购物点多，饭食质量差等问题，好在我们自己组团去旅游的，这些基本上都不要担心。但对于我们队伍中有几位好吃会吃的驴友来说，吃饭还是成了一大问题。在吃遍了当地特色小吃后，有人提议想吃当地野味。为了"满足"他的重口味，我就假装去打听有野味的饭店，当然最后没有找到这样的饭店。

有一次，我们在一家门面稍大点的"张府酒楼"张罗午饭。饭店地道的东北野味不少，我们点了满满一桌子地方特色菜肴，喝酒吃菜。当满满一大盆豆角、土豆、倭瓜、茄子、辣椒、玉米等搭配组合成的东北名菜——乱炖——端上桌来时，我们已经吃的差不多了，但第一次吃到这道菜，感觉是：地道！过瘾！张府老板热情好客，听说我们中间有一位姓张的领导，张老板更是当仁不让了，又是上酒又是添菜，弄得我们都有点莫名其妙，甚至有点担心害怕被宰客了。

饭后结账，我们都吃了一惊，三百元？我们六个人吃饭，三百元，出乎我们的意料。什么东北小野鸡、小蘑菇、小木耳、小黄鱼、地三鲜，还有什么东北乱炖，咋说也得五百多元吧，更不用说按天价大虾、天价水煮鱼结账了。老板看出来我们的疑惑，就笑着说了，我们东北人热情好客，特别是你们的领导也是我们一家子，来到张府吃饭也收钱，我们感到不好意思了，就留你们个成本费！

回家的路上，欢声笑语不断。每每说到这件事，我们的张姓领导总会说"还是我们张家讲究吧！""还是张家讲究"这句话以后就成了我们开玩笑的口头禅了。

雨后赏牡丹

谷雨刚过，便和几位朋友相约一起去菏泽牡丹园看牡丹。

说走就走。二十分钟后好人广场出发，路过凤城，途经单县，一路欢歌笑语，来到菏泽。

好客的菏泽朋友领我们来到一家"土菜馆"。"土菜馆"其实一点都不"土"：小巧别致，干净整洁，家常菜很多但也不乏海味。朋友用当地酒"花之冠"招待我们，口感很好，加上朋友的真诚，不一会儿，我们就有点"飘飘然"了。

午饭期间天公不作美，竟然下起了淅淅沥沥的小雨。雨会不会越来越大的担心陡然而生：还能不能去牡丹园赏牡丹？牡丹会不会因雨而凋落？同来的司机朋友在我们几位畅饮时有点心不在焉，不时向窗外看。突然，他惊喜地喊道："雨小了，雨小了！"

菏泽古称曹州，素有"曹州牡丹甲天下""中国牡丹之都"的美誉。曹州牡丹种植也有数百年的历史。唐时牡丹以长安为最，宋时牡丹以洛阳居多，自元、明开始，种植中心已移至曹州，发展至今。每年谷雨前后，花开时节，曹州牡丹连阡接陌，让人目不暇接，艳若蒸霞，蔚为大观，堪称中华牡丹之最。

在文人骚客的笔下，牡丹美得秀丽多姿，美得雍容华丽，美得惊世骇俗。牡丹盛于唐朝长安，当时的长安牡丹为天下奇景，被誉为"国花"，到了唐玄宗时期，长安牡丹更是美名甲天下。"竞夸天下无双艳，独占人间第一香。"李正封咏牡丹诗云："国色朝酣酒，天香夜染衣。"牡丹遂有"国色天香"的誉称，更是身价百倍。当时寺庙道观也竞植牡丹，长安富户和平民皆尊崇牡丹，酷爱牡丹，开花时节，万人空巷，诚如诗云："惟有牡丹真国色，花开时节动京城。"

还没到牡丹园，就有香味扑鼻而来。随着人流入园，首先映入眼帘的是一树一树的花开，一朵一朵的聘婷。饱满硕大的花朵俏立枝头，像绣球、像芙蓉、像皇冠，姿态万千。有的牡丹花藏睡在郁郁葱葱的叶里，像繁星点点缀于绿叶之间。有的花瓣娇羞地簇拥在一起，妩媚中还带着几分娇嗔，有着少女般欲诉还休的羞涩。有的花瓣层层叠叠、红黄相间，像是舞女美丽的裙摆，舒展优雅，落落大方。有的花瓣似美人漫步轻摇扇，任细雨打湿长长的秀发，任清风吹动鲜艳的裙裾，婉约柔情，有暗香盈动。富贵的"姚黄"、典雅的"魏紫"、一瓣二色的"二乔"、高贵的"黑花魁"、几近透明的"夜光白"随风摆动，千姿百态，花香袭人。"姚黄""魏紫""花王""天衣"这些娇贵品种都依偎在亭亭玉立、婀娜多姿的牡丹仙子周围，成了赏花区最靓丽的一道风景。加之前晚和刚刚下的一场小雨，牡丹花娇艳欲滴，色泽艳丽，更显富贵典雅。"待到天晴花已老，不如携手雨中看。"今天，打着油纸伞在雨中漫步赏花，别有一番情趣。

园内，如织人流置身花海，陶醉在花香之中。赏花的人群中，我发现年轻的伴侣很多，老人、孩子也不少。有些老人行动不便，是子女们打着伞、用轮椅推着来的。这些携老带幼的人们行走在花儿的海洋，是另一道靓丽的风景。

明年花开之时，我一定会带上家人去菏泽共赏牡丹。

鸟啼知四时

"野人无历日，鸟啼知四时"是陆游《鸟啼》诗中的名句。是说乡村农人虽不知道时令节气，却能依靠听鸟叫声来辨别四季更替。是的，花解语，鸟自鸣，生活处处有语言。花有花香，鸟有鸟语。鸟语花香、草长莺飞都是物候，都是大自然的语言。语言可以传递信息，可以解读生命。万物有语言，惟智者能懂。正如贾思勰在《齐民要术》里所指出的那样：杏花开了，好像它传语农民赶快耕土；桃花开了，好像它暗示农民赶快种谷子。春末夏初布谷鸟来了，我们农民知道它讲的是什么话："阿公阿婆，割麦插禾。"

唐宋诗人都是能懂得大自然语言的写作高手。他们不仅善于运用春、江、花、月、夜等诗词中的常见意象，并通过这些诗词中的高频字传情达意，还能反映四季物候——月、露、风、云、花、鸟变化迁移的过程。"诗人萃天地之清气，以月、露、风、云、花、鸟为其性情，其景与意不可分也。"描述风月，歌咏物候，佳作不断，是唐宋诗人的杰出成就。

韩愈的诗"天街小雨润如酥，草色遥看近却无"，用艺术的语言描绘出一幅似有却无的早春水墨图，赞美了早春给人一种润适和清新之美感。可与杜甫的"随风潜入夜，润物细无声"有异曲同工之妙，又可与王维的"青霭入看无""山色有无中"相媲美。正所谓：诗中有画，画中有诗。白居易一首《赋得古原草送别》诗："离离原上草，一岁一枯荣。野火烧不尽，春风吹又生……"语言平民化而又富含哲理，被广为传诵；北宋诗人王安石的"春风又绿江南岸，明月何时照我还？"一个"绿"字成了千古绝唱。黄巢《题菊花》中："飒飒西风满院栽，蕊寒香冷蝶难来。"菊花凋零，蝴蝶匿迹，阵阵寒意扑面而来，虽不着一"秋"字，却尽得时令风流。南宋诗人陆游《初冬》诗："平生诗句领流光，绝爱初冬万瓦霜。枫叶欲残看愈好，梅花未动意先香……"无论春天的盎然生机、夏天的烈日炎炎，还是秋天的硕果累累，到了冬天，都还是可以找到他们曾经的存在。"青山遮不住，毕竟东流去。"冬天已经到来，春天还会远吗？

寒暑易节，四季轮回，每个季节，各有各的景致，各有各的物语。"姹紫嫣红"是春的柔情，"黑云翻墨"为夏的热烈，"累累硕果"属秋的辉煌，"皑皑白雪"则冬的苍莽。同一方天地，有不同的风景，如同多样人生。多愁善感的诗人可以泪眼问花花不语，看那乱红飞过秋千去，慷慨激昂的勇士也可以"风萧萧兮易水寒，壮士一去兮不复还。"

沧海桑田话苍狗，绿水青山带笑颜。我们不仅要读懂唐诗宋词诗情画意般的语言，更要读懂现实世界大自然的语言。过度开发、肆意采伐，大自然不再仅用语言警告人类，而是在用行动惩罚人类了：雾霾难见蓝天，水污染饮水思源，地球变暖冰山融化，山体滑坡地震不断……今天，我们更加认识到要金山银山，更要有绿山青山。改造大自然，要尊重大自然，坚守生态底线，科学发展，绿山青山才能真正变成金山银山。

"稻花香里说丰年，听取蛙声一片。"在夏夜农村，清凉的南风送来阵阵稻花的馨香，喧闹的蛙鸣好像在争相诉说着丰收的好年景。好一幅人类与自然和谐共生的温馨和谐图画。

花如解语还多事，石不能言最可人。此中有真意，欲辨已忘言。

母校食堂

  我的懵懂初中生活和快乐的高中时光都是在我的母校——一所偏僻的乡镇学校——朱寨中学度过的。在我心里，朱寨中学永远是我魂牵梦绕的母校。

  学校东侧，当年住校同学住过的平房宿舍区也改建成了今天的教职工食堂区。每每看到学校办公楼东边新改建的食堂，就会勾起我对学生时代母校食堂生活的回忆。

  我们学生时代的食堂现在早已不见了任何踪迹。记得当时食堂的西南角有一口老井，井水清冽，从未见干涸过。食堂师傅总是用打上来的井水为我们一遍遍地舂米、淘菜。东南角是一片开阔的田地，一年四季青菜不断，食堂师傅用自己种出来的萝卜、白菜、土豆、南瓜、辣椒等为住校师生做出来的饭菜非常可口，吃起来和现在的学校食堂饭食的感觉就是不一样。食堂正前方，有几颗核桃树，一到夏天就枝繁叶茂，还会引来无数小鸟，叽叽喳喳叫个不停。秋天打核桃的场面也很是热闹，核桃树下乱滚的核桃和师生的欢声笑语连成了一片。很是可惜，现在，不,三十年前,那一排核桃树已不复存在了。

记忆中的教室里总会飘荡着淡淡的清香味。起先,没人知道它的香味是从哪里来的,但香味又似乎是一直存在的。后来,我们的教室远离了食堂,那熟悉的清香味也就烟消云散了。

初中的时候,住宿的学生吃的是大伙。食堂师傅总是及时地把做好的饭菜盛到盆里,放到固定的就餐地点。每个班级的学生都有自己固定的就餐位置,男生和女生往往是分开桌子吃的。所谓桌子,就是在简易棚子下凳起来的楼板,四十公分高,三十公分宽。没有凳子坐,就餐时,或站或蹲,调皮的学生有时还会把一只脚放在桌子上,一手拿馒头,一手把筷子伸向桌子上的菜盆。同学们总是津津有味地就着菜吃着馒头喝着汤,很少有怨言。不像现在的学生,总是挑剔学校的食堂,甚至还让父母每天送菜饭。吃饭前后,同学们或畅谈人生,或互相交流刚刚学到的课堂知识,或八卦男女同学间的新闻旧事,从未见过他们在吃饭时有大声说话的,或追逐打闹的。饭后的桌子上从来都是干干静静的!

高中的时候,学校开始实行小伙制了。食堂菜的花色品种多了,可供选择的余地多了。但随之而来的就是要在窗口排队打饭了。当然,随之而来的插队、争吵乃至打架的事情也时会发生。

相信那个时候所有在学校吃食堂的同学都会有过这样的经历:每天上午第四节,在离下课还有几分钟的时候,心里就开始盘算着今天食堂会有什么饭菜,默默乞求着老师千万不要津津有味地拖堂,要不然就可能只有残羹冷炙或菜汤拌饭了。人还在教室,心早已飞到食堂去了。这时候,几个心慌的男同学们会从课桌里拿出碗筷,或将后门轻轻打开,或将凳子移向门口。如果发现哪位没有脾气的老师有任何企图拖堂的迹象,教室就会响起"当""当当"地敲打碗、锤击桌子的声响,直到老师崩溃为止。

看吧,下课铃声一响,男同学们就手拿碗筷,争先恐后、如离弦之箭般冲向食堂；大部分女同学尽管不会飞跑，但也会看出脚步明显地比平时加快了许多。那时候，为了节约时间，尽快打到饭菜，往往是两个同学结合在一起，一个排队买菜和馒头，一个要排队打稀饭。买菜的同学，抬头看看饭菜牌上的菜名和价格，低头看看手里还有多少钱的菜票，算算口袋里的饭票是否还能挨到月底。有时还会左右看看窗口卖菜的师傅，希望能遇上那个胖胖的郭师傅。他心好人善良、手脚又麻利，饭菜给的也足。等菜买好，打稀饭的同学早已占好了地盘等着呢。

为了给高三毕业学生补充营养，激发干劲，每年的高考前1—2个月，学校都会拿出资金贴补食堂，让食堂师傅做出真正是物美价廉的菜肴卖给毕业生。有段时间，晚上九点左右，食堂还提供过免费的面条呢。尽管同学们平时也会抱怨学校食堂的伙食有点差，但临近毕业，记忆中的食堂美味却又成了同学们"才下舌尖，又上心间"的独特情结。

我爱我的母校食堂！

爱，无需理由。

母校情深

　　离开母校到县城工作，转眼间，十五年过去了。一路走来，风风雨雨，工作、生活中难免会有诸多不顺利，也会有寂寞、失落、消沉的日子。每当这个时候，我总会坐上回朱寨老家的汽车，或到母校校园里走一走；或静静的坐在校园藤廊下，什么都可以想，什么也都可以不想；或希望碰上几个认识的、不认识的老师、学生能聊上几句。哪怕是能看上一眼就走，我也会感到心满意足，心中的郁结也会释然许多。

　　近年来，我回家的次数越来越少了。但我对母校的思念情结却越来越浓了。无论是在县城的家里还是在办公室，每当打开电脑时，我总会情不自禁地点开收藏夹里母校的网站主页，看看学校今天的新闻，亦或是遗漏过的什么旧闻……久而久之，也便成了一种习惯。尽管不能经常到母校去，但便捷的网络和发达的通信技术却能让我每天都能见到她，仿佛仍然置身于母校的怀抱，感受着母校的呼吸和心跳。有时会梦到自己仍坐在母校的教室里听课、考试，有时会梦见自己又回到了学生们中间，在和他们交流思想、探讨真理、放飞希望。我知道，再美的梦也会有醒来的时候。只是不知道，什么时候和同学们一起回母校的美梦才能成真呢？

今年的同学三十周年聚会实现了我回母校的梦想。这次同学聚会，不必说组委会的辛勤付出，不必说同学们的积极参与，也不必说老师们的感慨祝福，单单董良骝等同学的大力支持就足以感动三十年大多未曾谋面的同学们。当然，地位的高低和财富的多少在相识于八十年代的我们心里并不过分注重。今天，我们更多地是想通过三十年聚会，构建一个见面、沟通、交流的平台。

聚会地点安排在东北大酒店和朱寨中学。在东北大酒店报到时，有的同学透过头上的苍发和脸上的皱纹还能够依稀认出对方，有的同学只好通过对方胸前聚会牌上的姓名回忆。很快，熟悉的和不熟悉的、陌生的和不陌生的，有的亲切握手、有的热烈拥抱，还有的泪流满面，细心的同学还为对方整整胸牌。一时间，欢笑、甜蜜、喜悦之情充满了整个报到会场。

报到一结束，参加聚会的七十多名师生分别乘坐两辆商务车前往母校。一路上，同学们都在议论，都在想象着母校的变化。由于我的老家就在学校前面，初中、高中六年再加上我在母校又工作了十余年，我对母校的变化可以说是了如指掌。

三十年前的母校除了饱经风霜的两层办公楼还在，其他的一切旧迹都不复存在了。学校大门数易其址，但建于九十年代、由江苏省著名书法家尉天池先生题写校名的南大门至今还保留着。八十年代，原本和对面张柳庄小学共用的体育场也被修建的沛鸳公路一分为二。政府考虑到安全问题，就把公路以北的一半操场划归了朱寨中学，也就是南大门到办公楼前面的一片地方。后来，在学校西边征地，修建了今天的运动场。当年，我们初中时上课的平房教室早已不见了踪影，高中上课的三层教学楼也早已在原址重建了。近年来，政府不断加大学校投资，新建了一栋能容纳一千两百名学生的男女生宿舍楼、为教职工兴建了两层独院的教工生活区、新建了一栋五层实验楼,配备了一流的实验设施和装备。

随着全县学校布局的调整和生源的流失、减少,学校高中停止办学资格,目前只有初中学生二百多人。三十六名教职工,学历达标率83.3%。和生源高峰时期学校有两千余名学生相比,今天母校的教师资源、教学资源极大地浪费了,实在是令人惋惜。

尽管母校现在的发展现状令人担忧,也让我久久不能释怀。但在我心底,总有一种解不开的情结,这所有的一切只因为她是我的母校。我的青春、梦想和激情都毫无保留地在母校呈现过,所有辛勤的汗水和成功的喜悦都在她的怀抱里做出了淋漓尽致的诠释。母校给了我荣誉,给了我健康成长的力量,扎根在我心底的母校情结成了催我努力、助我度过难关,帮我奋然前行的精神动力。

最是书香能致远

5月3日,由沛县文学创作团团长朱广海、《歌风台》主编宋传恩、著名诗人丁可、作家吴广川、《歌风诗刊》主编孙亭等组成的"沛县教育采风行"一行二十人到沛县十所中小学校参观考察。作为教育工作者和文学爱好者,我有幸随团参加了这次采风创作活动。

早上八点三十分,沛县教育局贺磊局长陪同采风团成员一起从县歌风宾馆乘车前往参观考察学校。车上,贺磊局长向采风团详细介绍了沛县近年教育的发展和思考。作为一名"老教育",我也真的被这位有情怀有担当的教育局长的真诚、谦逊深深感动着,我也仿佛看到了沛县教育的诗与远方。

由于常年在高中学校工作原因,好多年我都没有到县城小学校园参观调研过。而本次采风的学校小学居多,它们是正阳小学(南、北校区)、歌风小学(本部及树人校区)、新城实验学校(小学、初中)、杨屯镇中心小学、青墩寺小学等。我与这几所小学的校领导姚凯、贾立平、李志建等都非常熟悉,平时也有交往。他们都是有教育情怀的校长,他们的专业素养和学校管理能力都是一流的。从与他们的交往或其他渠道我对沛县小学教育也是有所了解的，但这次采访仍让我倍感压力巨大，唯恐写不出沛县小学教育发展的精彩。幸好，采风团里有几位熟悉小学、初中教育的汪莹、张裕亮、王芳等几位老师。有他们几位在，小学、初中的采风稿件就不用我再操心了。当然，高中学校的采风稿件就责无旁贷落到我身上了。

高中学校有两所。一所是沛县中学，一所是沛县第二中学。

沛县中学是我工作过的地方 2001 年 9 月，在江苏"孔雀东南飞"的大背景下，在一所乡村中学工作十年的我也向东南飞了，飞到了沛县当时唯一的一所省重点中学——沛县中学，从此便开始了在这里的工作经历。2015 年 8 月，受组织委派，我到了张寨中学工作，从此又走上了新的工作岗位。

弹指一瞬间，十四年的沛中经历，不算长但也不算短，我总感觉沛中的这段美好时光过得真快。时间似清风，带走了春花秋月，却留下了青春的温度；时光如流云，幻化了千姿百态，却留下了永恒的瞬间记忆。今天，虽然离开了沛县中学，但我始终没有忘记沛中母校，依然以一颗赤子心关心母校建设、惦记母校发展，关注着母校的今天和明天。我对沛县中学是如此熟悉和挚爱，母校每一位老师的音容笑貌乃至上课时的每一个细节，校园里每一处景、每一件物都是那么可爱，那么清晰，那么充满深情，这种深情已经深入我的骨髓，镌刻于我们心间。2015 年出版的我的专著《美的教育》一书有专门章节详细介绍了母校沛中近年的发展历程和辉煌历史。这里不再累述。只是衷心希望优秀的南通管理团队能带来教育先进地区的现代教育理念，行政引领，骨干带头，全员推进，精细管理，开门办学，为全校师生创设最佳工作学习生活环境，让沛县中学更多更优秀高中毕业生进入理想的一流大学深造。

因临时工作原因，我没能参加下午的沛县中学采风和座谈活动。沛县第二中学就成了我采风的唯一一所高中学校。很有必要详细介绍一下这所学校。

四十年前，党的十一届三中全会吹响了中国改革开放的号角。也就是在这一年，汉皇故里诞生了一所学校，它就是沛县第二中学。沛县第二中学从小到大，从弱到强，从一张白纸到最美图画的蝶变，见证了沛县教育改革开放四十年的"春天故事"。

沛县第二中学1992年初高中分设，成为县直独立高中；2007年通过江苏省三星级普通高中验收；2015年成为江苏省四星级高中；学校占地121.33亩，建筑面积52506平方米。学校布局合理，三区分明：北部为生活区，中部为教学区，南部为活动区。现有45个教学班，2133名学生，专任教师213人。其中研究生教师14人，特聘教授级教师1人，高级职称教师85人，国家级、省级优秀教师6人，市县名教师、优秀教师、学科带头人62人。拥有一批高水平的班主任队伍，他们年轻、向上，既能传承优势、顺应发展，又能以人为本、不断创新，特别是在学生的成绩转化上具有丰富的实战经验。

漫步校园，仿佛置身于一座历史悠久却又洋溢着现代气息的园林式书院。这里，花木成林，小桥流水，让人赏心悦目，流连忘返；这里人文荟萃，书香四溢，让人感到文化的厚重，精神的传承。仁爱广场，巨石静卧，修竹婆娑，树木葱茏；惜时广场，日晷石古朴厚重，绿草相环，池水清涟，红鱼游弋，睡莲碧碧；仁园，"校园明珠"峻拔高耸，青松、玉兰碧翠相拥；义园，汉韵亭典雅，憩心亭朴拙，绿树高低，碧草漫漫；礼园，松柏似盖，绿草如茵，石凳静坐，卵石小道蜿蜒有致；智园，淡雅俊秀，清新气爽，嘉木飘香；信园，秀石书丹，蜡梅迎笑，喷泉回廊，相映成趣；仁爱园，大气磅礴，静雅肃穆，草坪漫展，杂树错立。优美的校园令人心旷神怡，潜移默化中提升着师生健康向上的审美情趣和文化素养。

陪同采风的张守权副校长介绍说："育心与启智的和谐统一，是我校校园环境建设的突出宗旨。我校校园环境布局追求整体效果，文化建设注重品位，国学教育特色鲜明。"

国学特色教育的二中校园时时处处有风景：感恩大道、孝慈路、德馨路、省身路两边悬挂着孝爱故事、二十四孝图和校园孝爱之星等展牌；主干道两侧展示着古今关于感恩的名言警语；天然奇石上镌刻着"仁爱"；"文圣示训墙"图文并茂，镌刻着孔子关于孝爱的经典语录；教室文化墙、宿舍布局设计均突出古典特色；办公室围绕儒家教育思想并结合学科特点加以布置；唐诗宋词弥漫着古风雅韵，仁爱石孝爱墙发人深思。书报栏内容丰富，文化牌温馨醒目。这里，每一处花草、每一面墙壁、每一个角落都会说话，都隐含着教育的意义，都会给学生留出广阔的空间去感受传统文化魅力，领悟做人的真谛。移步换景中，让人对"大教不言""润物无声"自然会有更多的感悟。

朱广海团长边参观边感慨：学校办学四十年，管理上档次，校园营造有内涵，很难得。二中校园文化氛围有上海复旦大学的影子。贺磊局长接着说："二中今天的发展，与纪认振校长的智慧办学敢拼搏敢打硬仗分不开，与他们的班子讲团结、倡民主，勇开拓，能凝聚集体合力分不开。"

二中副校长朱团结、吴岩松还分别介绍了学校开发校本教材品读国学经典情况。学校以"品圣贤书，立君子德，做有志人"为核心的国学教育突出"孝爱教育"主题，彰显"尽孝诚信、爱行天下"的主要内容。学校制定了涵盖学科教学、系列德育、校园文化、家庭生活等方面的《国学教育实施方案》，出台《孝爱国学文化特色建设规划》。先后编写了《经典美文诵读》《诗词雅韵美读》《爱的音乐》等校本教材。学校第一本校本教材《沛县汉文化研究》多层次、多侧面、图文并茂地挖掘汉文化这一地方历史文化资源；《爱的音乐》让学生学习生活充满关怀，充满真情，充满爱心，充满温馨；《经典美文诵读》《诗词雅韵美读》弘扬中华优秀传统文化，唤醒学生心中的诗意，成就学生美好的人生。每天首节课前十分钟，是师生共同阅读经典活动时间，在古筝的伴奏下，阅读分为五个时段：老师范读，学生静听；老师领读，学生跟读；学生齐读；学生自由读；学生静思。整个校园琴声曼妙，书声琅琅，氤氲着古典韵味，弥漫着文化气息。学校与江苏师范大学、徐州华夏传统文化学校联谊共建，并长期聘请著名文化学者田秉锷教授为我校国学教师，通过国学大讲堂，向学生传播国学文化、传统美德。学校重点建设了包含两个文化广场、四个中心、四类教室的"244"工程；成立"国学与教育"课题研究小组，开发省级规划课题一项，市级立项课题八项，国学系列化校本教材十本，编印出版研究成果《国学与教育撷英》一书。同时，充分挖掘校外课程资源，引导学生感受家乡风土民情和文化魅力。《江苏教育报》以"责任规划引领学生成长"为题报道了学校国学教育成果。谢长玉同学荣获首届江苏省"百名美德少年""中国好人榜·孝老爱亲"好人称号，2016年国学教育课程基地被评为全市高中校唯一的省优秀课程基地。

"腹有诗书气自华，最是书香能致远。"传承国学经典文明，浸润师生美丽人生。愿沛县中小学校能在实践中找准教与学的最佳契合点，推动教与学模式的变革与创新，积极拓展教育的有效方法和路径，办出学校特色，谱写好沛县教育的奋进之笔。祝愿沛县教育明天更辉煌！

直待凌云始道高

　　11月21日，我和徐州作家狄邦婷女士在省驻丰县扶贫工作队员、东南大学周山明教授陪同下一行三人前往丰县顺河初级中学开展"江苏省作家协会文学志愿者校园行活动"。

　　时令已进立冬，苏北丰县的冬天却没有光秃秃的单调。从丰县县城乘车到学校的路上，金色的银杏叶，葱郁的女贞树：一半墨绿一半黄，感觉依然有如晚秋的绚丽多彩。就连窗外迎面而来的阵阵北风，也少了些许冬的寒意，多了秋的万种风情。

　　车停在顺河初级中学校园，我立刻被眼前美丽的景色吸引了。以重大历史事件为主题的百米浮雕、集百名书法家作品为一体的围墙、仿圆明园十二生肖石雕小像的喷水池、红色砂岩石雕、刻着国学经典的卷轴式青石碑……校园规划的精准点"穴"，都能让人真切地感受到校园管理者的智慧和匠心。置身校园，无论是行走在主干道，亦或是漫步在花园，再或者是穿过教学楼的走廊，不经意间看到的都是历史场景和文史经典。

顺河初级中学位于江苏最西北部苏鲁接壤处的丰县顺河镇。学校现有28个教学班，在校生1800余人，教职工93名。五年前的今天，受组织安排，孙俊臣校长来到这所远离县城、综合评估均在全县低位处徘徊的学校时，学校完全是另一个样子：新毕业分配教师不愿意来；年轻教师不愿意留，即使在岗也不能安心工作，千方百计想调离；老教师比例过大，本乡本土，得过且过，专业发展愿望也不强；家长对县中的迷信和对私立学校的盲目跟风，优质生源大量流失。孙校长和校领导班子没有气馁，而是认真分析原因，积极寻找对策，最后确定了"小学科先行，大学科跟进"的教学质量提升策略，依托历史学科的三级跳，实现了学校发展的大跨越。五年多来，学校领导班子一个方向、一个声音、一个步调，围绕总体规划，认真落实构想，在学科质量提升、师生素养发展、课程资源开发、校园文化提升等方面做了大量细致的工作，取得了显著的成效，受到教育主管部门的肯定和社会、家长的满意。这所偏远县城西北二十公里，没有优越的经济、自然资源，没有一流的生源，却能迅速崛起，教学质量和综合管理跻身于丰县学校前列，不禁让我对眼前这位略显瘦弱而倍显精明的孙俊臣校长肃然起敬。

应我们的要求，孙俊臣校长边走边向我们介绍着学校的校园文化建设情况。

学校充分利用校园围墙，墙顶小瓦造型，白墙灰底，镶嵌浮雕，制作了百米百年抗争近代史文化墙，镶嵌了青石浮雕制作的自1840至1949百年间从"虎门销烟"到"开国大典"的六十三个重大历史事件和五十幅近现代名人题字碑刻。百年耻辱，百年抗争，古铜色的厚重，不禁让人在悲愤中沉思，在沉思中奋进。主干道右侧，高二米，宽一米左右的八块自然大石，雕刻着著名教育家的名言题字。在主干道左侧，五十块红砖垫底、仿卷轴式青石碑刻写《三字经》《弟子规》《论语》《朱子家训》等国学经典，学生随时可以驻足朗读，鼓舞师生砥砺前行！在原喷水池周围，仿圆明园十二生肖像，惟妙惟肖，时刻在提示学生勿忘国耻，勤学报国。喷水池北边国旗广场东侧，中国古代九大思想学派浮雕展现了古代先哲璀璨的思想；西侧，影响中国社会进程的九大历史事件石刻，深刻的揭示了华夏历史发展的曲折历程。教学楼、实验楼、办公楼，每一层一个主题，诸如"千古帝王""诗词大家""科技巨匠""杏林妙手"等，关于一百五十多位历史人物介绍，举目可见。目力所及，学校就是一部可以触碰的历史书。置身校园，处处都可以感受到历史文化气息，潜移默化中识记了历史史实，又激发学习兴趣。

陈列馆内，师生捐赠的老物件琳琅满目。大家现在比较熟悉的自行车在七八十年代可是个大物件，是要像现在的汽车一样挂牌、领行车执照才能上路的。馆内收藏的自行车行车证本、自行车执照本、自行车税讫牌、年检验印牌种类繁多，年代各异，不仅具有观赏、收藏价值，而且还有着重要的文化研究价值。看到一个1986年的自行车税讫牌，我不禁想起了有一次我曾经从县城骑自行车回家时被派出所人员查车补办税讫牌的一段往事。

"这就是传说中的三寸金莲吗？长不过十厘米，宽不过三厘米，真不敢想象得有多大的坚忍才能把正常的脚裹成这么大！太残忍了吧！"身边两位女同学伤感地对话打断了我沉醉的回忆。

"这个老电唱机是我家八十年代的宝贝，黑色的唱片，让我学会了扬琴戏、河南坠子。很怀念那些昏黄灯光下的静夜，在电唱机传出的沙哑唱腔中进入梦乡"陪同参观的一位老教师深情地介绍着。

李旭主任介绍说：在陈列室参观、学习过程中，看着岁月的斑驳之痕，学生可以了解到家乡历史、民俗文化，会更加深刻的了解家乡曾经的"记忆"，体味着文化的传承，同时感受着时代的飞速发展，激发学生对家乡的热爱。

离开陈列馆，来到报告厅。开始了我们和学生的赠书、座谈等互动环节。狄邦亭老师的演讲深入浅出接地气，周山明教授的讲座高屋建瓴振人心，报告厅阵阵掌声不时响起。文学讲座中，我看到了学生的阳光、自信、快乐；专注的眼神、高举的双手，精彩的对话，思维的碰撞，智慧的对接，无疑是这堂文学讲座课的一道亮丽风景。

有人说，乡村之美，美在能安放心灵；乡村教育之美，更在能润泽生命，放飞希望。是的，顺河初中就是这样一所有颜值有温度的美丽乡村学校。这里，校园的环境非常美，科研的氛围非常浓，榜样的力量非常大；这里，人文荟萃，书香四溢，是充满激情与创造的地方；这里，文化厚重，精神传承，是成就每一位学生生命的精彩与灵动的地方。

与其说参加江苏省作协志愿者校园行是送文化进校园，倒不如说是我经历了一次文化之旅的洗礼，是我取经学习，提升自我的一次难得的机会。紧凑、充实而丰富的校园活动好像一次近代历史的穿越，带给我很多思考的东西。顺河初中校园有风景，文化有传承，历史有底蕴，打造的校园文化"历史"名片时时可见，处处可"触"，让人欣喜动容，更让人看到希望：乡村在振兴，城乡差距在缩小，均衡化教育在推进。

第三辑　心曲至情

不忘文学初心

在新旧年交替的节点上,人们总喜欢在总结过去一年的同时也要对新的一年做一些规划和憧憬,这是每年年终的惯例。我也不能免俗,于是也便坐下来开始盘点我的2017年(非工作总结)。

记得,过去写总结,总是这样开头:心潮澎湃,思绪万千,心里有很多话要说,可一动起笔,却又踌躇起来,不知道从哪里写起才好。今年我决定不再这样开头。因为,眨眼间,换了新单位也已经快三年了,在这里,不仅喜欢上了风景如画的学校、默默奉献的老师、质朴无华的学生,我也有了自己的爱好,那就是喜欢上了阅读和写作。我的阅读、写作是自由的,随心的。家国天下事,事事关心。小说散文诗,处处皆文章。我的写作也不再像过去那样只是"遵将令",写一些应时之作。我现在也可以像作家丁立梅老师一样"只遵从自己内心的意愿",随心所欲地写作,想怎么写,就怎么写,该怎么说,就怎么说。再不会在意还有谁会喜欢,还有谁会不喜欢。何况,临近不惑之年的我,也早已过了要去讨好谁取悦谁看谁脸色说话的年龄了。无悔我的2017!

这一年，我完成了过去多少年都想完成而没有完成的一件事：整理出版了自己的一本专辑《美的教育》。著名书法家原中国书法协会主席沈鹏题写书名。上海市作家协会散文创作总干事钱汉东先生题词。北京大学光华管理学院党委副书记、成都分院院长滕飞博士等领导、同事题写了书序。全书23万字。有图有文，图文并茂；有短讯有新闻，真实是生命；有散文有随笔，天然去雕饰；篇篇文章，是我人生经历的点滴记录，字字句句，都融入了我生命的激情与挚爱。自豪我的2017！

这一年，我加入了江苏省散文协会，完成了文学作品创作五十六篇（首）。其中，诗歌十六首，发表五首，散文随笔三十篇，发表十八篇次，其他十篇（自娱自乐）。在《哲思》《都市晨报》《彭城晚报》等纸质刊物发表十六篇次。有三篇文章发表在沛县文学创作团主办的《歌风台》杂志，有四篇文章收录在《沛县文学作品选集》。文章《父亲》被《当代文摘百强作家作品集》收录。在中国作家协会主办的网站"中国作家网"和"当代文摘""中外文艺"等著名网络平面媒体发表作品十八篇次。代表作《娘》《汉城荷花又飘香》《秋》等作品被《今日头条》《天天快报》《搜狐》等几十家国家级网刊转载，其中《汉城荷花又飘香》一文浏览量仅"当代文摘"一个原创平台一周之内就已破万。我很欣慰，作品能受到读者喜爱，是我创作的动力。骄傲我的2017！

这一年，我给自己定的一个"不要再喝酒喝酒绝不能喝醉"的目标也基本上算是完成了。虽然有过十余次喝酒的记录（绝不是酒驾记录），但从没有喝醉过。在喝酒方面的掌控能力我还是有的。比如，周一到周五，工作日不喝酒，铁定的规矩；周六周日可以邀几好友，或者被邀，小聚一番，或打球，或掼蛋，或谈写作，或品茗茶，或偶尔喝点小酒。过去，呼朋唤友，把酒言欢，大杯喝酒时的万丈豪情，随着年龄的增长，已逐渐转化为日益淡定的波澜不惊。小时候，玩心大，朋友越玩越多；上了一定年纪，事务多了，玩心少了，酒肉朋友也越来越少了。但剩下的这些，都是不离不弃的精品，都是可以真正交心的朋友了。且行且珍惜！感恩那些和我相处不离不弃的朋友！快乐我的2017！

这一年，我亲历过两次生死离别。朋友的，同学的。

朋友是周沛生先生。想到先生，今泪水虽已不再见，但我心里其实更悲伤。周沛生先生去世的消息我是在3月10日在微信上看到的，当时却依然不愿相信这是真的。因为两个月前我还和先生、黄清华先生、周新生小弟四人一起喝酒、吃地锅呢，转眼间人就走了，真的不敢相信。

先生是一位性情中人，用沛县话说就是"讲究"。他为人处世低调、谦逊，脸上永远带着一种淳朴憨厚、真诚慈善的微笑。一副大智若愚的模样永远给人一种信赖感和安全感。在他面前，你不会拘束于他的年龄、他的官职，你可以和他一起大块吃肉大碗喝酒，你酒量实在不行了，他可以替你喝；你可以和他切磋交流文学与写作，他绝无官架，你可以无拘无束。有人说他"内秀"，我认可；有人说他是一位"好人"，我赞同；有人说他"敏于事，讷于言"，是他的做人仪范，我认为至当。先生学富五车，满腹经纶，常以道德学识育化后进，不遗余力培养提携人才。在这样一位亦师亦友又让人景仰钦佩的长者面前，还有什么不可以？先生走了，在以后的工作中，如不能待人以诚，育人以德，与人为善，淡然自处，愧对先生。

同学是许国。许国是我高中的同班同学，我们的关系非常要好，可以说是情同手足，一个字：铁。大学期间经常保持着联系；大学毕业后，我们的联系仍未间断。后来，我调到了沛县中学，他进了县委宣传部工作，我们有幸还能经常见面。

他热心热情，待人真诚，很有人情味。每当听说有同学从异地归来，他都会邀几位老同学聚在一起，叙情谊，话人生，谈理想……回忆同窗共读的学生时代，回顾工作之后的蹉跎岁月。无论亲戚兄弟之间相处，还是同学朋友供事，他总是把考虑别人放到第一位。只要他知道哪里出现了问题和矛盾，哪里就会有他忙碌的身影。谁家遭遇不幸，他安慰周济；谁家有困难，他扶贫资助；谁家闹矛盾了，他沟通调解；哪个同事生病了，他嘘寒问暖；哪个同学的孩子考上学了，他张罗祝贺。知道他的人都会说，他是一位重情重义，古道热肠，值得信赖和托付的人。

三年前高一同学三十年聚会，他参加了，精神很好；今年8月15日晚上，几个同学专门为他弄了个酒场，他参加了，精神很不好。10月14日上午，噩耗传来，许国同学走了。每每想到他的离去，泪水仍会模糊我的双眼，悲痛仍会占领我的心灵。

生命是脆弱的，生死瞬间事。人生是条单行线，没有折返路。每天能醒来，都是上天的恩赐。活着不易，更要好好地活着，认真地年轻，优雅地老去。要珍惜生与死之间的这段美好时光，珍惜、享受亲情友情爱情，拥有健康的身体。感恩我的2017！

2017年，有辛苦的忙碌，也有忙碌的幸福；有时光的不完美，也有美好回忆的定格。所有的经历，都成过去，所有的经验，都是财富。也许因为有了对2017年的些许遗憾，我才有了对2018年更多地期待。

期待我的2018！

我的文学梦

时光飞逝，如白驹过隙；逝者如斯，不舍昼夜。2018年转眼即过，2019年已悄然将至。

记得，习总书记在2018新年贺词中说：幸福都是奋斗出来的。是的，九层之台，起于累土。绽放青春梦想，变理想为现实，必须不驰于空想，不骛于虚声，要脚踏实地干工作，一步一脚印。既要埋头拉车，又要抬头看路。奋斗的方向有诗也有远方。

是的，新年应该有新气象，新时代应该有新常态。

杨绛先生说过："喜欢读书，就等于把生活中寂寞的辰光换成巨大享受的时刻。"喜欢读书可以拓宽眼界，开阔心胸，提升修养，娱情乐事自不必说。喜欢读书的人，腹有诗书气自华，我信。读书多了，对任何事情都会有自己的见解主张，我信。一个人的阅读史就是他的精神发育史，一个民族的精神境界取决于这个民族的阅读水平，我信。挑一本自己喜欢的书阅读，并在阅读后写篇读书笔记，记录自己的心得感想和成长的心灵历程。"真阅读"也让我对写作产生了兴趣和爱好。我的阅读永远在路上。

　　人到四十八，眼睛花一花。可能是我老眼昏花的缘故吧，读书看报很是费劲，要把书报放得很远才能看清。没有办法，从没有戴过眼镜的我，也不得不到眼镜店去配眼镜，还配了两副近视镜，一副放在家里，一副放在单位。能沉下心来读书不是一件轻松愉快的事，很辛苦。博览群书，痛并快乐着。一年来，研读了《活着》《白鹿原》《周国平》《丁可诗选》等三十六本书，个中的酸甜苦辣唯有自己知道，正如我读书治学收获的快乐幸福别人是无法体会到的一样。

　　"文章千古事，得失寸心知。"写作不是风花雪月红楼梦，很娱情，而是删阅十载曹雪芹，很虐心。在当下，靠写作谋生、养家糊口好像不太现实；如果不能耐得住寂寞经得起折磨，注定是无法写出好的文章来的。其实，写文，本来就应该是件赏心悦目的事，可以让人变得充实，让人的精神和内心丰富，提升一个人的表达能力和人文素养。如果因此而爱上文字，文学爱好者的文字情愫，字字句句都浸染着墨香，历久弥香，那应该是幸福而快乐的。可如今，"官样文章""应景文章"层出不穷，"键盘传播"的自媒体时代，网络乱如麻；写点悠闲文字，说点无妨大局事，文章不接地气，不深刻，不优美，索然寡味，面目可憎。性情决定了我不会写文章来隐藏或半隐藏自己，我的散文创作完全是一种自我坦露，对读者真诚，对文字敬畏，不敢有丝毫刻意地煽情或"瞒和骗"。

　　作为一名文学爱好者，我不否认，我喜欢舞文弄笔。虽然至今仍未能写出让你"跟着哭、跟着痛、跟着笑、跟着热爱生活"的精品，但是我会尽力写关注社会现实、关注底层群体、挖掘生活的真谛、讴歌美好为基调的作品，仍会一如既往关注探究当代人的心灵世界，写出自己对人生和文学的思考，写出自己认为比较完美的文字。只要文章有存在的价值，只要有文友喜欢阅读，我也就心满意足了。

　　这一年，应该是我的文学幸运年，进入了县作协班子。参加了省、市作家协会、县文学创作团等组织的几次文学采风活动，结识了《千高原》苏伟、《楚风》王戈、《参花》徐文、《中国新农村月刊》白奕、《散文百家》赵韵方等几位全国有影响的文学期刊的主编、编辑，参加了团结出版社出版的《汉风流韵》等三本文学图书的编辑工作，在省级以上公开发行的报刊发表散文和评论文章10篇，在市县级报刊发表文章十二篇。

  这一年，文学期刊的发表，读者的认可，更是推动我写作的强大动力。特别是河北省作协主办的、当今标志性纯文学散文期刊《散文百家》刊发了我的一篇散文《我爱马齿苋》，编辑赵韵方女士微信鼓励我"再接再厉，再上新台阶"；定位为"纯粹高雅、大气新颖"的湖南省级纯文学刊物《楚风》第四期刊发了我评论著名诗人丁可的一篇文章《泥巴捏成诗真情写苍生》，主编王戈鼓励我"欢迎多向我们投稿"；"立足当代、真情书写、扎根大地、培植希望"的全国大型综合性文学期刊《千高原》第五期刊发了《老屋》，感动儒雅、博学的主编苏伟，一边给研究生学生上课，一边为我选稿改稿；国家级双效大型综合期刊第八期《中国新农村月刊》选登了编辑白奕认为"将会引发更多共鸣""有我儿时回忆"的《故园香椿树》；《长白山天池》刊发在国内外公开发行的老牌大众文艺期刊、吉林省文化厅主管的文化品牌杂志《参花》第十一期。徐文主编说："《长白山天池》发表在吉林《参花》，真是名至实归。"此外，《江苏教育报》《劳动时报》等省级报纸还刊发了《老屋》《老井》《书房闲趣》《汉城荷花又飘香》《父亲》六篇散文。经好友、记者陈宝红倾情推荐，我的散文《五里三诸侯，醉美安国湖》发表在中国新农村融媒信息网，阅读量达七十九万人次。感谢《宿迁晚报》副主编、作家胡继风先生的友情牵线，让我结识了更多的文学界名编名记们。感谢江苏省作家协会副主席汪政、鲁迅文学奖获得者、《扬子江诗刊》主编胡弦、《雨花》主编朱辉对我写作的鼓励和鞭策。

  这一年，我还要感谢六位文友，他们默默地关注着我的文章，用心写出一篇篇观点新颖、接地气的评论。远在北京的江苏省作协会员李艾文先生阅读了我发表的近期作品，写下了五千余字的评论文章《浓浓的亲情淡淡的乡愁》，全面评论了我的创作情况，全文发表在《青少年文学》头版。我和李先生至今还没有见过面，只是微信里有过沟通，"云山苍苍，江水泱泱，先生之风，山高水长"，先生之风，心向往之。四川实力派作家、《新古典主义文学研究会》发起会员兼四川大学中国西南文献中心研究员蔚文立平认真研读了我的《汉城荷花又飘香》一文，挥笔写下了韵味十足的优美评论《玉盘托出荷花香》。中国作协会员吴广川老师的《苏北乡村的历史画卷》、全国优秀教育工作者刘升灿老师的《妙笔生花绘彩卷》、徐州市作协会员王芳老师的《生活中的诗和远方》、王学成老师的《走在寻亲的路上》等四篇评论文章各具特色，各有千秋，着实为我的创作增彩添色了许多。

这一年，我要特别感谢对我的微信公众号"汉韵楚风"大力支持的朋友们。"汉韵楚风"创建于2018年2月8日，刊发的第一篇文章是《我的书房情结》，截止目前，一共发了原创作品两百篇，其中，被《散文百家》《楚风》等省市县级报纸杂志采用六十八篇。本是自娱自乐的平台，没想到关注的朋友越来越多，投稿的朋友（包括多名中国作协会员）也越来越多，能否选出更多精品佳作分享给朋友们也让我倍感压力巨大。然而微信留言处很多认识不认识的文友们给了我很多鼓励、欣赏，寄予了热情的期待和厚望，这是我微信公众号能继续办下去的勇气和动力。在文学这条路上我并不孤单，因为对文学的挚爱和难以割舍的情怀，还有了一群对文学情有独钟的朋友一路相伴，我的文学人生充满了快乐。

这一年，远离喧嚣浮华，放慢了疾行的脚步，学会从容，学会生活。慢慢走，慢慢爱，走得太匆匆，沿途太多的风景易错过。

这一年，左手阳光，右手快乐；白天事业，晚上文学。继续做有温情有热度的教育人。

"不忘初心，方得始终。"文学梦、教育梦，都是我的中国梦。梦想着，努力着，总有些事情会改变着。我相信，芳华未老，精彩永在。

徐培晨印象

  徐培晨　江苏沛县人，现为南京师范大学美术学院教授，中国美术家协会会员、江苏省花鸟画研究会会长。擅长中国画，山水，人物、花鸟俱佳，尤精丹青猿猴，作品多次在全国性展览获金奖和第一名，国家文化部、美术馆、博物馆、名人纪念馆及中共中央办公厅、中南海、毛主席纪念堂等收藏其力作。出版论著、画集《画猴技法述要》《怎样画猴》《徐培晨画集》《徐培晨国画猿猴集》《徐培晨梅、兰、竹、菊百图》《徐培晨国画猿猴大观》《徐培晨国画猿猴近作选》等40部。

  近年迅速崛起于中国画坛的江苏画家徐培晨，倍受画界内外的关注，是一位国内外均有影响的画家。他画功深厚，技法全面，能诗善书，画风劲健，犹擅长中国画，山水人物、花鸟虫鱼均有上乘之作，尤精于猿猴绘画。猿猴画或工笔严谨细密，或写意流畅奔放，或工笔写意结合，有简有繁，张弛有度，收放自如，挥洒如意。他的国画猿猴在画坛上独树一帜，堪称一绝，为画界同行所称道。

我和徐培晨是同村，老家院落紧邻，两家世交很好，平日里也有来往。他的年龄比我大十八岁，按辈分，他应该是我的长辈，我要称他为徐叔。由于求学、工作等原因，我和徐培晨已不相见近二十年了。听父亲说，徐培晨每次从南京回老家时，总会问到我，问我的学习、工作等情况。而我每次回家，也总是要到他的家中看一看，坐一坐，因为当时他的慈祥的老母亲（我要称奶奶）还健在。但我们在家里始终没有见过面，有几次差不多是擦肩而过。

2006年6月，在南京参加江苏省中学语文骨干教师培训时，我在空闲之时联系上了徐培晨。电话里徐培晨操着一口浓浓的家乡口音，说，你来吧，我在南京仙林校区专家楼等你。放下电话，我来不及带点东西，匆匆上了出租车，从江苏省教育学院赶赴仙林校区。

在专家楼一楼，我见到了徐培晨。一下车，我就听到有人说："是明星吗？"明星是我的小名，会是谁喊我呢？在我张望时，我看到了大门处站着一个人。这个人给我的感觉是既熟悉又陌生：五短身材，面色微黑，目光炯炯，长发飘飘，长髯垂胸，给人一种超然脱俗的感觉。会是二十余年没见过面的徐培晨叔叔吗？回忆起徐培晨的模样，真的还有点模糊不清。但眼前的这个人应该是他！

徐培晨拉着我的手进了专家楼一楼的一个房间。一进房间，满屋子的猴子扑面而来，我吓了一跳。原来这是他的一间临时创作室，创作室很简陋，墙上挂满了画着猿猴的画纸，尽管有的没有画完，甚至还没有"画猴点睛"，但惟妙惟肖、栩栩如生的猿猴跃然纸上。我们坐在房间的床上，开始了二十年后的第一次谈话，更多的是叙旧。闲谈中得知，他少年时喜爱画画，但家庭贫困，无法买得起纸笔，只好以树枝为笔，以大地为纸作画。六十年代深受乡贤燕宇先生中国画启蒙，画技初见端倪，七十年代入南京师范学院美术系学习，受教于名师，毕业后留校任教，八十年代初到重庆西南大学美术系进行研修，加强功力，提高技艺。人物、山水、花鸟、动物兼修，并陆续创作多幅作品参加全国展览，初显才华。八十年代中期后，兴趣集中于画猴，一发而不可收拾。十余年笔耕不辍，猴画作品渐多，渐精。办画展、出专集，一时画猴名声大震，时人以"金陵徐猿猴""猴王""东方猴王"誉之。

我随手翻看一本书，看到了程十发先生对徐培晨的一段评价："徐培晨画猿猴，聚于山石林泉之间，形态生动，令人如入山林之深处，画笔神奇，令人敬佩不止。"十余年来，足迹遍及大江南北，凡有猿猴处，他皆不避险阻，"跟踪观察研究体验猿猴的群居生活、个体形态，并凭借各种速写和记忆默写方法捕捉描绘猿猴在阳光下奔腾自由追逐的快乐，风霜雨雪中相依相偎度日的艰难。他笔下的猴子或千百成群或一二独对，或竞逐戏闹或亲昵相拥，真正是进入了猿猴的世界。"

谈话间隙，我仔细地打量着眼前的徐培晨：飘然的长发长须，有种艺术家的超然脱俗；布衣打扮，毫不考究，地道的农民形象，但少了大学教授的大气、霸气，多了农民的质朴和真诚；徐培晨淳朴、善良的本性没变，思维敏捷但不善言谈的性格依然。身居六朝古都南京，仍保持朴实无华的本色，倾心绘画，献身艺术，确乎难得。

临别前，徐培晨说："世侄，我给你搞一幅画吧。"我欣然应允。那幅猴画至今还在我的客厅挂着。

师恩难忘

　　由于初、高中都是在朱寨中学度过的，所以带过我课的老师有很多。在我的记忆中他们都是非常优秀的老师，后来，有的老师还走上了局长、校长等领导岗位。漫漫人生路，深深师生情。我庆幸能遇到这么多好老师。朱寨中学求学的时光虽短暂，但结下的深深师生情缘无时无刻不撞击着我的心灵。可以说，三十年后的今天，我取得的任何进步和成绩都与他们的精心培养、教育是分不开的。我感谢我的老师们。

　　梅家杰老师是我的物理老师。他性格内向，平时不苟言笑，与人交往少。但一到课堂上，展现的却是他的能言善辩、幽默、风趣的一面。听他上课感觉像是在听相声，又好像是在拉家常。他能够把每一节课都讲得那样生动、有趣，那些枯燥、乏味的定理、公式从他的嘴里出来竟然可以是那样的轻松、愉快、有趣，让人忍俊不禁。好像无论多复杂的问题只要经他一讲就会变得通俗易懂、易学、易记了，不需要刻意去记，便能够在笑声中轻松掌握。可以说，三年初中，我们都十分期待他的课，只要是他的课，就连我们几个调皮、贪玩的孩子也不会逃课了。当时，在我们的眼里，全校初中老师恐怕没有谁能够像他那样吸引学生吧！

刘培兆老师教我英语。他灵活多变的教学方法，就像二十六个英文字母一样活泼、奇妙、多样。他总是耐心细致地给我们讲解，即使是枯燥、无聊的语法课，他也会极力避免"满堂灌"。他总是通过讲故事、插入图片，或让我们自己用学过的单词、短语编一个故事口述给大家听，不知不觉间我们学会了语法，也学会了英语对话、沟通、交流。有时候为了让我们更清楚地了解一些课堂上的内容，他还会善意地让我们表演或惟妙惟肖地为我们演示。他常常喊我到黑板上默写单词、翻译句子，尽管我非常喜欢语法学习，但我不喜欢下功夫写单词，所以，因为单词写错挂在黑板前是常有的事。但他从来没有因此打过我，更没有骂过我。在我的眼里，他教育我们总是带着一股爱意，把我们当作自己的孩子一般。对我们而言，这是一种怎样的幸福呀！

高中阶段，教过我语文的老师有四位，他们都是精通古文，博览群书的导师。有敦厚善良、从未发过火的李鹏信老师，有讲课慢条斯理、读起课文来就抑扬顿挫、摇头晃脑学究式的甄再忍老师，有重视字词、有着一手漂亮粉笔字的朱广德老师。其中给我印象最深的还是富有改革精神的蔡可祥老师。蔡老师慷慨激昂的课堂，像妙语连珠的散文诗篇，带领我们挖掘灵感领域，引领我们步入文学的殿堂。蔡老师"宁可站着死，也不跪着生"的名言阐述，特别是他精讲精练，把课堂放给学生的课改精神至今还深深影响着做老师的我。当年蔡老师让学生带着问题学、在学中发现问题、同学通过探讨自己把问题解决的课堂教学与今天在全徐州市推广的"学讲"课堂教学方式有着何等惊人的相似呀！

给我印象很深的，还有一位年轻的老师。他高高的个子，有一点八米左右，白白净净的，鼻梁上架着一副眼镜，温文尔雅，显得很有书生气。说话声音不大，笑起来甚至还有点腼腆。他进教室，基本上都是一本课本、两只粉笔，好像从来没有见过他拿着备课本或教参上过课。课本也总是放在讲桌上，从来没见他打开过。上起课来，他口若悬河，滔滔不绝，能把历史当故事讲，也能把故事融入到历史中，能很好地把历史的责任感和现实的人文性结合起来。他就是我的历史老师赵后兴。

  人到中年，总有一种念旧情结。现在想一想，能在求学路上遇到这些好老师，难道不是我们的福气吗？

我的大学老师

生命之中，总会有些历久弥香的记忆让人回味。

二十年前，我怀揣着希望和梦想踏进了淮阴师范专科学校的校园，就像一名虔诚的教徒来到神圣的麦加，从此开始了我的大学梦。

淮阴师范专科学校是江苏一所老牌专科学校，素以严格管理、严谨教学著称。闻鸡起舞的早操、披星戴月的晚自习、望而生畏的考风，也确实吓坏了不少大学新生。还好，来自农村的我很快适应了这里的学习、生活快节奏。

中文系是学校品牌院系，名师云集，有宿儒于北山、周本淳、萧兵……"大学校园里面，有学问，有精神，有趣味的老学者，很可能真的就是校园里面绝好的风景。"能择名师而从之，实乃做学生的一生福气。

有人说，大学老师神龙见首不见尾，来也匆匆，去也匆匆，掐着时间上课，踩着铃声放学，连班主任也是有事才来学校，无事见不到人影。可是在我的印象中，母校的老师们还真的不是这样。不必说英俊潇洒、知识渊博后来积劳成疾、英年早逝的班主任现代汉语马啸老师，不必说和蔼可亲、循循善诱的古代文学葛泽生老师，也不必说讲话抑扬顿挫、底气十足、帅气逼人的普通话陈旻老师，单说说任课教师里最年轻的现代文学施军老师就足以让我们倍感母校情深，师恩难忘了。

那是开学的第二天，一位老师给我留下了特别深刻的第一印象。刚上讲台的他，个子不算高，面庞消瘦而清爽，眼睛明亮而有神，稚气未脱的年龄，难免要羞赧一阵。就在我们为他的课担心时，他调整了一下情绪，很快就进入了课堂教学快车道状态。他妙语连珠，侃侃而谈，开始了令我们震惊的第一堂课。他深入浅出，旁征博引，让人心旷神怡，豁然开朗，赢得了我们连连掌声，阵阵喝彩。课堂上他周身散发着一种慷慨激昂、指点江山的霸气，却又不失执着坚毅、儒雅博学的风采。一位年轻的学者能高屋建瓴地对现代文学史作出如此透彻而精妙的阐释，足见其学养深厚，治学严谨。他，就是我的现代文学老师施军。

施军老师1963年8月出生，大我六岁，比我班好几位同学只大三四岁。施军老师总是面带微笑，哪怕是我们上课迟到，笔记没做好，作业没有及时上交，也几乎没有见到过他一脸的老学究似的正经严肃，更没有见他对我们生过气、发过火。在他的要求和影响下，我养成了认真做阅读笔记、写摘要的习惯。这种良好习惯一直受用至今，也影响了我的学生。

现代文学对我来说一直是神秘的存在，但在施军老师的课堂上，我知道了与中国古代文学的博大精深、源远流长、典雅细腻相呼应，中国现代文学同样具有包容并蓄、雅俗共赏、沉静唯美的特点。

中学时为了高考应试，读《史记》了解了它的"史家之绝唱，无韵之离骚"的独一无二的史学价值和文学价值；学"唐诗宋词元曲"知道了中国韵文史上，诗词曲接二连三，高峰迭起；考《呐喊》认识了"横眉冷对千夫指，俯首甘为孺子牛"的鲁迅。

相对来说，大学比较注重学生的素质培养、能力提升。施老师的讲课精彩，有口皆碑：一本书，一支笔，一张嘴，不带讲稿，或者带了也很少看。施老师的课开放、民主，灵活多样有创新，可以给学生更多时间去自由讨论、问题争鸣；可以让学生成为课堂主角，上台讲授给其他同学听；有时还会把课上成阅读课，让学生带着问题去图书馆查阅资料。从施老师课堂上我更加深入地了解了中国现代文学史上更多的作家作品，其中有些人的名字甚至都闻所未闻：中国最有影响的心理分析小说家施蛰存、语丝派核心作家周作人、染有佛理的丰子恺、渗入宗教气氛的许地山、"三十年代文学洛神"萧红、爱情给了徐志摩婚姻给了梁思成孩子给了金岳霖的"民国第一才女"林徽因……作家群星璀璨，作品精彩纷呈。《八月的乡村》《生死场》让我爱不释手，《故都的秋》《边城》让我废寝忘食，《平凡的世界》《围城》让我热血沸腾。可以说，现代文学史的学习为我以后的中学教学和写作打下了深厚的文学基础。

　　施军老师不仅课堂上传授我们文化知识和治学方法，课后，有时还和我们一起打球，一起去图书馆阅读，一起去食堂就餐，一起去远足踏青。他待人接物温文尔雅，在我们面前从没有摆出教师的架子，倒是像兄长一样，嘘寒问暖，关心着我们的学习、生活，甚至毫无保留地和我们谈自己的大学生活和理想人生；像朋友一样，亲密无间，可以在篮球场上无拘无束地疯，在足球场上肆无忌惮地狂。

　　1991年大学毕业至今近三十年，我和施军老师很少见面，只是有过电话或微信的简单沟通。唯一的一次见面是在母校五十年校庆的时候，那时候施老师已经是学校领导了。校庆活动很多，他很忙，我们只是简短地说了几句话。那天，因赴南京开会，我不辞而别提前离开母校校庆会场。后来，在和当时参加校庆的一位同学聊天时我才知道，那天活动结束聚餐时施老师还让同学找了我好久，还问了我的工作情况。一个学生，一个很普通的学生，在他心里还一直被牵挂着！多么可亲可敬的老师呀！我内疚着、感动着、幸福着。

人到中年，十分怀念我在淮阴母校度过的大学生活，更加怀念我的大学老师们。十年树木，百年树人。施军老师，是你，是母校的老师们用自己的博学多才、敬业精神帮助我不忘初心、砥砺前行，树立了最初的职业道德观和世界观。是你，是母校的老师们用自己的知识、品格，激励、影响我立志献身教育，坚守教师职业操守，继续兢兢业业地给我的学生们传道、授业、解惑。感谢你们的教诲与培养，弟子将永记你们的深恩。

云山苍苍，江水泱泱，先生之风，山高水长。

高山仰止，景行行止。虽不能至，心向往之。

吴锦印象

　　吴锦，南京师范大学教授、江苏高考语文科考试说明起草人，高考阅卷组负责人。曾做过南师大附中校长，南师大图书馆馆长。

　　我第一次走进南师大，是在一个阳光明媚的清晨，校园内两排高大挺拔的法桐树在阳光照耀下更显得郁郁葱葱。我从山下拾级而上，踏过一级级台阶，来到一座巍峨的古代建筑前，心中有一种异样的感觉，就像虔诚的基督教徒走进神圣的麦加、麦地那。这里就是我心仪已久的南师大文学院呀。就是在这里，我完成了毕业论文答辩，拿到了南师大毕业证书；就是在这里，我听说了吴锦教授。直到今天，我仍能体会到当年的心情。

　　关于吴锦，多少年来，我只是听说过，读过他的文章，但没有见过，心中总觉得是件憾事。

　　2007年3月，徐州市高三语文教学研讨会在沛县中学召开。听说请来南师大一位响当当的、江苏语文界元老级人物来做学术报告。会是吴锦教授吗？当得知南京来人正是吴锦教授时，我难以抑制自己的兴奋、忐忑心情。23 日，天虽然下着雨，我和司机却早早地就从沛县动身前往南京去接吴锦教授。

车快到南京时，我跟吴锦教授通了一次电话，问到哪里去接他。电话那头，声音洪亮，让人感觉亲切。我们说好在南师大一点三十分见面。

一点二十五分我下楼时，看到宾馆的沙发上坐着一位老者，戴着眼镜，瘦瘦的，脸色有点白，穿着灰色的夹克衫，深蓝的裤子。沙发旁边放着一个黑色的手提包。我猜想，这就是大名鼎鼎的吴锦教授？这就是和我通话的吴锦教授？正在我疑惑不解时，老者便站了起来，说"我是吴锦，你是……"我没有听错？是的，他就是吴锦！

第一次见面，吴锦教授就留给我很深的印象：他是一位时间观念很强的人，他是一位慈爱的长者。

2008 年高考阅卷工作结束后，我完成了一篇关于江苏高考作文的分析文章，托我南师大的一位朋友寄给吴锦老师。我的这位朋友就和我谈起了以前的一件事。他说自己的一篇古代文学论文发表之前，时任《南京师范大学学报》主编的吴锦教授打电话让他对论文再加修改，他按要求改好润色后发了过去，并请吴教授帮助修改文章。在论文发表之后的一个晚上，他把发表出来的文章和备份的稿件相对照后，发现文章中几乎每一句话都被仔细修改过了，包括题目和摘要。那个晚上，他几近失眠。

听到这，我很受感动。这是一位老教授、老编辑对后生学子的良苦之心和奖掖之情，这种乐为他人作嫁衣的高风亮节是一种做人的典范，是一种生命意义的昭示。

除了在沛县的两天相处和 2007、2008 年高考作文阅卷间隙的相见，其他时间我和吴锦教授没有见过面。但他低调做人、高调做事的人生态度让我仰止；他的博闻强识和超凡的科研能力令我羡慕；他广阔的学术视野、深刻的见解、睿智的话语，每次都让我的求知之心得以饱足；他深厚的国学功底、严谨的治学态度使我如沐春风。

孟非印象

第六届刘邦文化节期间,孟非应邀来沛。五月十七日,他带着处女作《就说这么多》在县新华书店举行了签名售书活动,与沛县读者来了个"零距离接触"。

孟非与沛县读者零距离

孟非在县新华书店签名售书活动的消息不胫而走,两千余名喜爱孟非的读者便早早地来到新华书店门口。等待签名的读者手里拿着孟非的《就说这么多》,有的还抱着五六本,队伍排出几十米。下午两点整,当孟非出现在签名现场时,立刻响起了一片掌声,"孟非、孟非"的喊叫声不绝于耳。面对排起的长队、急切等待的沛县读者,孟非不顾旅途劳累,一坐下来就给读者签名。

面对着热情的沛县读者,孟非飞快地签着名,头始终低着,额上的汗珠也来不及擦拭,就连工作人员替他擦拭时他也只是略微抬抬头,手中笔仍就在读者递过来的书上飞舞着。

当一位八九岁模样的小女孩挤到孟非面前把《就说这么多》双手放到孟非面前时，孟非抬起了头。有些腼腆、不苟言笑的孟非，给小女孩迅速签过名后，双手交给了她。这时，孟非脸上出乎意料地露出微笑，他用手轻轻地抚摸了一下小女孩的脸。不知道孟非此时是关心孩子，关注孩子的想法，还是想起了此时自己在南京上学的女儿呢？

孟非两小时签售一千余本书，可谓空前。

名人签名售书，喜耶，忧耶？就说这么多。

孟非与《就说这么多》

《就说这么多》是孟非写的第一本书。书名源于他在《南京零距离》节目里结束时常说的一句口头禅："就说这么多。"书中集中了孟非2004年读报的精华，其鲜明的观点、独到的视角、犀利的批判、辛辣的评论以及孟非式的调侃、风趣幽默的语言让读者眼睛一亮。笔者一口气读完《就说这么多》，感觉像是享受了一顿美妙的晚餐，真是过瘾。

孟非曾对媒体名人出书不以为然，不止一次地贬斥过名人出书现象；不止一次的奉劝过"某些人不要制造垃圾"。现在孟非自己也出书了，这不是自己打自己耳光吗？孟非似乎早就知道记者会提出这样的尖锐问题，也就早早地在自序里作了解释：自己还年轻，写自传太早，"写书的念头是万不可有的。"只是怂恿的人多了，还有几家出版社的加入，"难免让人动了凡心。"况且"读报的内容已经在电视上说过了，也就成了公共产品。""严格地说，这次仅仅是我同意出版社整理出版我读报的内容，而不是我出书，更谈不上写书。"

孟非的精明就在于此。就说这么多。

孟非印象

　　第一次见到电视外的孟非，便是在新华书店一楼签名售书处。第一眼就令我吃了一惊：光头，戴着眼镜，身着浅色的西服，看上去比电视里的孟非要小上十多岁，有点孩子似的稚气。更令我惊诧的是，孟非看上去还有点害羞甚至有点紧张，腼腆地像个大姑娘。他就是被评为"中国最新锐的十大主持人"的孟非吗？

　　电视里的孟非，光头，戴着眼镜，面无笑容；说话有时有点结结巴巴，普通话说不上标准，语言谈不上流畅，和那些年轻漂亮、伶牙俐齿、妙语连珠、口若悬河的新一代央视主持人相比，真有点让人不喜欢。可是，一天看不到孟非主持的《南京零距离》，心里还真有点空荡荡的。是什么原因让人们对孟非情有独钟呢？我想，可能是他靠着真诚、公正、人文情怀和幽默感赢得了观众的拥护和领导的赏识；可能是他的有血有肉、敢爱敢恨，让他有了亲和力；可能是在"南京零距离"主播位置上坐了5年的他，更多了一份民生情结，人文情怀。他给我的印象是：光头，聪明绝顶；文人，学识渊博；干练，思维敏捷；正直，敢说真话。

　　关于孟非印象，就说这么多。

料得明年花更好

  周立新是我高中三年的同学。和他真正相识、相处也应该是从三十四年前的高二开始。相识之前，我听说过他：小学、初中都是班长。喜欢打篮球。很有正义感……高一新学期开学直至结束我对他也没有多少特别的印象，只是觉得他个子高高的，长得很帅气，像演员周润发。仍喜欢打篮球。但高二时的一次课本剧演出，让我对他刮目相看，印象更深刻了。

  自编自演课本剧在目前课堂教学中仍算是很夺人眼目的"新鲜事"。可三十四年前，立新就和其他几个同学谋划了一出轰动全校的课本剧《雷雨》的演出。后来，立新又把大家耳熟能详的一些经典作品如《威尼斯商人》《鸿门宴》等课文名篇编排了一个又一个小短剧，让经典走进了课堂。学生能在课堂演出课文名篇，完美地诠释经典，就是在三十年后的今天也是难能可贵的！

  高三开学后不久，他告诉我了心中的一个秘密：受徐培晨教授的影响，他想改学美术。那时，徐培晨还是南京师范学院（后来改名南京师范大学）的一名副教授，每当回老家张柳庄时，他总要到母校朱寨中学看看，总要和老师、学生们交流，甚至还有过对学生的一段短期培训经历。立新和徐培晨教授有亲戚，老表相称，他们之间的交流就更多一些，立新受到的影响更大一些。一次促膝长谈，让立新看到了艺术之路的远景，从此坚定了学艺术的决心。因那时农村绘画人极少，他就去县城学习素描、水粉、速写，得到了县文化馆周节文、王智等老师的悉心指导。每个周六周日休息日他都风雨无阻学习绘画，晚上再返回家中。周节文、王智等老师被他的勤奋努力感动了，不仅免去了他的学费，有时还留他在家吃饭，还额外给他加点"小灶"。功夫不负有心人，成绩优异的他去了更广阔的天地——中央美术学院继续深造。

高中一别，三十多年过去了。据圈内人士介绍，周立新现在已经是一位非常有个性的青年油画家了。

周立新，南京师范大学艺术硕士。中国美术教育学会会员、江苏美术教育学会会员、江苏省美术家协会会员。任教于江苏省扬州市维扬中学（江苏省邗江中学），担任市、区美术教研员多年，长年从事美术高考教学和个人绘画创作。《江苏学校美术教育》杂志特约编辑。作品《静静的山村》《山风》等入选中国油画院油画展、江苏省美术家协会漆壁画展、江苏省青年油画家展《大别山人家》《暖春》作品入展江苏省扬州市美术双年展。《花卉》《春》获江苏省美术教师绘画作品展一等奖。作品得到了美术界的首肯，同时也赢得了社会的认可，多幅作品被中央美院等高校、个人收藏。

曾经的奶油小生成了"大叔"级画家，除了依然英俊潇洒的长相，依然硬朗的身材，让人难以忘记外，更让人对他产生情怀的，是他对油画的独特理解、追求和在绘画中表现出来的独特精神境界。

他笔耕不辍，创作了大量的油画作品。这些作品无论是以丰富多彩的日常生活为题材，还是以山川河流为对象，无不富含着浓浓的深情和敬畏。教学之余，他走出城市深入山村，与森林和大地对话，与飞鸟和走兽交流，在小溪深处和山间地头，俯仰天地万物，静观行云流水，感受景观变幻。小溪流水、油菜花开等景物，生机盎然，具象中有抽象，写实中有写意；孤船垂钓、东篱赏菊等画作，意境诗化，传统与现代融合，理想与现实碰撞。走出"象牙塔"，融入大自然，从自然和生活中收获灵感，用画笔表现山川的灵动和生命的情怀，用灵魂歌咏自然，赞美生命的力量。他完成了从人物、静物等到风景油画创作画风的华丽转身。

他善于把西方油画绘画方式与东方绘画艺术和中国传统文化相融合，画作别有一番韵味。他的作品融入了对生活的奇妙想象和对油画的独特理解，通过写意、写实等多种绘画手法，运用素描、色彩、光影变幻等造型手段，突破外国油画形的束缚，借鉴中国写实山水的意趣，追求气韵，凸显视觉张力，创造了一个个独具特色的油画世界，斑驳的色块、传神的肌理、雄健的笔力，形成了浮雕式的油画格调及独特的油画语言和艺术效果。

他特别善于对作品进行精细构思，发挥想象力。在营造画面氛围时，他很注意油画的景物结构层次、浓淡虚实布局、油料的厚薄匀称、光线的明暗强弱和画面的气、势、韵等手法的表现。善于创造性地使用光线、色彩、亮度和反差，大胆地在光线造型中突破用光上的概念化和格式化，通过合理的布光构思、设计，创造性地再现气氛，唤起人们对画中所表达的意境的联想。作画前，点上一支烟，是必不可少的。接着，他慢慢地摆好油画架，放好油料和工具，虔诚地像一位基督徒。炯炯有神的双眼时而远眺时而回眸画板，大自然在他的笔下或波澜不惊、单纯原始，或凝练粗犷、深沉恢宏，或浓妆淡抹、浑然天成。

梵高曾这样描述他创作时的感受："在大自然面前占住了我的激动，在我内部升腾上来达到昏晕状态。我有些瞬间，激动升腾到疯狂或达到预言家状态。"周立新也常说："是的，油画应该表现出人的情绪流露，内心情感世界的抒发。要用心、用情感去创作。没有激情和冲动的创作状态，很难想象会有满意的佳作出现。"

　　油画创作是最需要定力，最需耐得住寂寞的，没有"板凳甘坐十年冷"的功夫是不行的。面对灯红酒绿、车水马龙的世界和日益浮躁的灵魂，立新依然能气定神闲，伏身画案，力学苦究，静下心来，守住心灵的港湾，能够不计名利，真诚创作，锲而不舍，实在令人钦佩！

　　今年花胜去年红，料得明年花更好。愿立新在油画艺术之路上走得更远更辉煌！

静待花开会有时

　　徐思田，沛县人，江苏建筑学院艺术学院教授，民盟盟员。毕业于安徽省淮北煤炭师范学院（现为淮北师范大学）美术系获文学学士学位，获南京大学美术研究院艺术硕士学位，获江苏省教育厅"青蓝工程"优秀青年骨干教师称号，国立台湾艺术大学访问学者，徐州市青年美术家协会副主席，江苏美术家协会会员。

　　早就有为徐思田教授写点文字的冲动了。出于自己是艺术天地门外汉的担忧，所以迟迟未能动笔。

　　我和思田教授同村、同龄、同学，从小学到初中我们就是很好的玩伴，一起上学听课放学，一起捉迷藏玩游戏上地割草。到了初一年级开学，我突然发现，思田有了一种特别的爱好：他迷上了画画！

　　那时，他的三叔徐培晨教授任教于南京师范学院（后改为南京师范大学），现在早已是蜚声中外的著名画家了。思田自然从小就受到了叔叔的影响，小时候，看着叔叔在地上作画他也跟着涂涂画画；看着叔叔在墙壁上作画他就跟着搬梯子递颜料。三叔算是思田比较早的绘画启蒙老师了。

那时候，我倒没觉得思田身上一定有了一种艺术秉性和天赋，只不过是因为他从小深受他三叔爱好美术影响罢了。直到近年我才改变了当时天真的想法。

近年，我从美术界朋友处得知：思田在安徽淮北师范学院美术系进行了系统的专业学习。毕业后又研习于中国美术学院、南师大美院、南京大学美术研究院（获硕士学位）、台湾艺术大学（访问学者）。最近，我也经常听到在徐州工作的老乡郭士魁等同学谈起思田，他们对思田的禀赋、勤奋、学识、学养、人品和绘画理论的远见卓识都交口称赞，佩服之至！

大学毕业后，思田进入徐州煤炭建筑工程学校（后改为江苏建筑学院）任教。在有浓厚的艺术氛围和宽松的学术环境的学校任教，他很快成为了学校的中坚力量，曾获江苏省教育厅"青蓝工程"优秀青年骨干教师称号。是学院目前最年轻的教授之一。他是学校为数不多既上课又搞创作的教授，作为大学美术教授，他的课堂既有理论深度，又幽默生动、风趣盎然，深受学生欢迎。据他的学生李彬回忆："徐老师上课总是把教案放在讲桌上，但很少看教案。他思路清晰，逻辑谨严，语言准确，简洁明了，实录下来就是一篇好文章。听徐老师的课就是一种艺术享受。他的课堂教学能让学生如痴如醉，大家私下议论，认为除了学识才华过人外，一定还有他的教书育人，诲人不倦的敬业精神！"

思田任教于江苏建筑学院二十多年。为更好的写生创作，教学之余，他"行万里路，绘万卷画，交八方友"，周游崇山峻岭，足迹遍及黄山、泰山、齐云山、大别山、太行山等名山，搜尽奇峰打草稿；奔曲阜、孟庙、苏州园林、徽派古建筑、汉长城等文化遗存地体察古建筑的美学意蕴；赴敦煌莫高窟、天水麦积山、秦汉古墓群进行艺术考察，感受历史的厚度与艺术的高度。他以自然为师，采风写生；以民间高手为友，切磋交流，其乐融融。诸多文化艺术考察和创作实践，激荡着心胸、开阔着视野、坚定着自信。他的目察手追为个人艺术创作提供着鲜活的艺术素材。

思田出生在农村，他的作品大都以中国农村为大背景，以多种题材为创作元素因子，赋予绘画以鲜明的时代精神。他潜心美术教育和创作，在中国画、山水、花鸟等方面有较高造诣，尤其擅长画山羊。他笔下的山羊，或母子相依，或子跪母乳，充满慈爱祥和；或悠闲淡然，或奔放洒脱，充满激情活力。寥寥数笔，看似信手拈来，亦庄亦谐，实则栩栩如生，形神兼备，独树一帜。幅幅山羊画卷，无不洋溢着优雅淳朴的乡情，蕴藏着别具风情的田园韵味，让人如痴如醉。他的山水逸气，田园野趣作品与他性情爽直、天然淳朴的性格和艺术追求相得益彰。

年轻的思田教授，靠自身的素养和创作成就获得了如潮好评。在思田创作室，我随手翻阅了一本由天津人民美术出版社出版的《徐思田国画作品集》，看到了南京师范大学美术学院教授、美术评论家左庄伟先生对思田的一段评价：思田所走的艺术道路是师古人、师造化、求创造，他能精工亦能大写；擅花鸟亦擅人物、山水；擅用笔用墨也会用水；既有传统理法，又有现代情境和现实生活气息，他在中国绘画领域是一位具有全面修养的画家。多能的思田比较突出的还是花鸟画，山水次之，在花鸟画中尤以工笔为高。思田的工笔花鸟画是从生活中来、画法工中有写，因此在他的画境中充满生活气息，画出了自然的生机，画出了画家对自然生命美的发现和挚爱，在画法上既吸收传统的线描，又借鉴了西法元素，更多的是从现实自然中发现、感悟和写生获得，所以他的工笔花鸟画鲜活感人，这在他的《花间细语》《绿荫》和《当午》中见得。

作为访问学者，2014 年他在中国台湾大学活动了一年。在台湾艺术大学美术学院院长、博导林进忠教授看来应该确信无疑地是思田艺术创作道路上的一个非常重要的台阶。林进忠教授说："思田先生天资聪慧，上进好学。访学一年来，先生足迹遍宝岛。访民间高手，与同行交流，向大师取经，绘画创作精品频出，在台画展轰动一时。"中国台湾艺术大学书画艺术学系主任李宗仁教授更是指出：思田先生的创作题材广阔，举凡人物、畜兽、山水、花鸟、建筑皆是，而以近一年来在中国台湾访学期间，透过即席写生来贴近观察环境并深刻体会后情生意境，以笔情墨趣的巧思妙构，产出有变化具多元性的佳作！思田先生此次在台的创作以传统笔墨中的拙趣为主轴，他承接其中之精粹再放大其结构之美于造形之中，在润色上采取主观运作随机赋格，色墨相生、多彩多姿、至悠及雅的形式面貌，融古宜今之创作思维！乃是大家之修为！

2014年思田于中国台湾访学结束前在中国台湾有章艺术博物馆举办了"艺研上游——徐思田国画创作作品展"，主编尚洁梅先生在《多汁报》以"来台担任访问学者绘出在地风貌广获赞赏"为题图文专版推介了访学成果展览。访学结束又在徐州大艺术展馆举办了"南大美院学子五人中国画展"（中国美术馆馆长吴为山题字并撰写序言）等，多件作品参加"彭城画派"系列展以及不同规格多美协展览，还有作品多件被中国台湾有章艺术博物馆、中国台湾新北艺文协会、荣宝斋、南京大学等单位文化机构收藏，近百件作品发表。2016年又出版专著《艺术·文创·体验》和《徐思田国画作品集》。

思田教授近年的创作和成果，与他八小时之外的执着和绘画审美自省地探索分不开。作为一名年富力强的画家，他有很强的进取心和可塑性。因此我有充分的理由相信：他未来的绘画创作中定会有更多的精品问世，定会有一次次的自我突破与成长嬗变。

"莫疑春归无觅处，静待花开会有时。"我们期待着！

曾记得

2017年3月10日，微信上看到周沛生先生去世的消息，却依然不愿相信这是真的。两个月前我还和先生、黄清华先生、周新生小弟四人一起喝酒、吃地锅呢，转眼间人就走了，真不敢相信。

当天，早安沛县、新汉风等微信公众号率先刊出《周沛生诗选》，著名作家胡成彪先生写的《写在日记里的哀伤》、著名作家吴广川老师写的《风雪情缘》、著名诗人丁可老师写的《忆沛生》、知名学者黄清华老师写的《春雨潇潇怀故人》、青年作家张裕亮写的《沛生，那一缕离去的清风》、沛县知名女诗人如月写的《我的苍凉之词》等文章也很快出现在微信群、朋友圈上。第二天，第三天，一连几天，微信群里铺天盖地，满是纪念先生的文字和回忆。《沛县日报》还整版刊登了县宣传部副部长杨林静写的一篇纪念性文章《上帝又带走了一个好人》，沛县《歌风诗刊》又刊出了一期"纪念周沛生先生专辑"。人们长歌当哭，说了许多想说的话，说了许多我不知道的先生的为人为文为官的事，都在用不同的方式表达着对先生的深深敬意和悼念之情。

官方文字是这样介绍先生的：周沛生，江苏作家协会会员，曾任沛县文体局局长兼文联主席、沛县县委宣传部副部长兼《沛县日报》总编。20世纪80年代开始文学创作，先后在《雨花》《青春》《安徽文学》等刊物发表不少作品，其中有作品被翻译到国外，并被拍成电影。进入21世纪，他先后参与《沛县文化丛书》《风物丛书》及双月刊《歌风台》编辑工作，出版了散文集《草木纪事》等，为沛县的文学创作做出了大量工作。

认识先生是十多年前的事了。

汉语言文学专业毕业的我喜欢上了写作一点也不奇怪。大学期间做过校报记者，主持编写过十多期中文系的油印小报，在校报上发表过几篇文章和诗歌；大学毕业后做了一所农村中学的老师、团委书记，学校的新闻宣传工作责无旁贷地落到了我的身上，写作又成了我义不容辞的兼职。有时为了一篇"豆腐块"新闻能在《沛县报》（后改名《沛县新闻》《沛县日报》）出现，我竟会骑行十五公里到《沛县报》编辑部投稿。那个时候，我就知道了《沛县报》主编叫周沛生。知道此人但从来没有见过。了解先生也只是在报刊上经常读到他的一些具有人道情怀、桑梓情结的散文和诗歌，那时，便感觉到先生是一位很了不起的作家了。后来通过在报社任记者、编辑的同学引荐，我认识了先生。初次见面是在先生的办公室。当时聊了些家常和我的工作情况，具体的谈话现在记得不是很清楚了，但先生从书橱里挑选了一本文学书签名送给我并说了一些鼓励的话已成我深刻的记忆了。作为一名喜欢文学的青年，能得到有声望的文学前辈的厚爱，心情可想而知。身材高大有威严感的先生给我的感觉却是：严厉不足，慈祥有余，儒雅亲切，令人敬仰。

2001年，我从乡下学校调到沛县中学时，先生已经调任县宣传部副部长了。跟先生见面、聆听学习的机会多了。每次见面先生都会问问我的工作状况、写作情况，并会提出一些指导意见。通过先生，我和市级媒体、县宣传部门、《沛县报》编辑部联系也多了起来，宣传学校的稿件和随笔也多能经常被选用。在沛县中学工作期间，我在先生的指导下，有多篇随笔、新闻稿在《瞭望》《哲思》《徐州日报》等国家省市级报刊上发表，有一篇通讯稿还在省级报纸《学习报》头版头条刊出过。在先生病重期间，他还关心操持着我的散文《美的教育》专辑出版事宜，我深深地感激他。可以说，我的写作受益于他的创作指导和散文影响，我文学上的每一点进步，都与他的谆谆教诲和鞭策分不开。

2008年5月，先生时任县委宣传部副部长。我有幸随先生率队的沛县采风团到河南采风。皇城相府、郭亮村景色宜人，让人一饱眼福，收获满满。但，一天的采风活动，很是辛苦。去宾馆的路上，突然发现我的身份证不见了。当时正值北京奥运会期间，宾馆安检比较严，没有了身份证当然就无法入住。在宾馆老板的引领下，我只好去附近派出所去办理证明手续。这时，先生主动要求陪同我一起去，我很是过意不去，执意让他在宾馆休息，但他不肯。到了派出所，值班干警很是耐心，仔细了解情况并安慰我后开始上网查询。不知道什么原因，他们上了好大一会网，还是没有调出我的信息。我说，我有个朋友刚刚到河南省公安厅挂职副厅长，我给他打个电话说一声行吗？值班干警马上表示反对，先生也笑着说，远水解不了近渴，还是再上网查查吧。一句话提醒了值班干警，他们抱歉地说，我们刚才查的是内网，外网没有开通，查不到外省人员身份信息。这时，先生突然又说，你不是刚刚拿到了驾驶证吗？看看外网上能查到相关信息吗？值班干警连忙上网查寻。驾驶证信息查到了，可是，驾驶证上面的照片却又无法显示，当然还是不能证明是我本人。唉，就在我不知所措之际，先生又提醒了我，让我打电话给沛县的朋友，让朋友去沛县正阳派出所调出我的身份证明然后传真发过来。好事多磨，证明信息终于从千里之外的家乡传来了。我也能在宾馆安心住下来了。先生的热心陪伴、耐心做事，给我的感觉是和蔼可亲，真有智慧。办完证明手续后，我们两个就在派出所附近的夜市品尝了富有河南特色的小吃，当然少不了当地白酒助兴，当然自然又是一番觥筹交错，开怀畅饮……这是一次难忘的采风之行。

先生是一位性情中人，用沛县话说就是"讲究"。他为人处世低调、谦逊，脸上永远带着一种淳朴憨厚、真诚慈善的微笑，一副大智若愚的模样永远给人一种信赖感和安全感。在他面前，你不会拘束于他的年龄、他的官职，你可以和他一起大块吃肉大碗喝酒，你酒量实在不行了，他可以替你喝；你可以和他切磋交流文学与写作，他绝无官架，你可以无拘无束。有人说他内秀，我认可；有人说他是一位好人，我赞同；有人说他"敏于事，讷于言"，是他的做人仪范，我认为至当。先生学富五车，满腹经纶，常以道德学识育化后进，不遗余力培养提携人才。在这样一位亦师亦友又让人景仰钦佩的长者面前，还有什么不可以？如不能待人以诚，育人以德，与人为善，淡然自处，愧对先生。

想到先生，今泪水虽已不再见，但我心里其实更悲伤。

第四辑　知音酬文

娘伴一生爱绵绵
——读郭世明先生《娘》

宋新

十几年前,沛县中学校报改版,我忙里偷闲参与其中,那时认识世明,世明是校长办公室主任,也忙里偷闲亲自操刀,组版、校稿大概都在星期天,我们算是星期天的同事。世明厚道、严谨,这都是优秀的品质。世明文笔老道,改稿常有神来之笔,这应该是一个编辑的优秀品质。那时多见他的新闻稿件,这个报那个报,大大小小都有,他说是职责所在。其实,他忙里偷闲还写一些散文,也常见报端,《我的老师》《梦幻周庄》《雨后赏牡丹》等,只是他不太轻易拿出来。后来读到他挚情文字《娘》,在这里,我们自然而然地找到自己的情感期待,找到自己与作者更多的内心的融汇与沟通。我想我应该说这篇文章了。

人有千面,母爱一种。

我们沿着母亲的目光前行,起点就是梦幻童年。"记忆中,哪怕我们犯了成人眼里不可饶恕的错,娘也从来没有打骂过我们。娘或是把我们心疼地搂在怀里,动情地讲述娘小时候的事,或是用温柔的手抚摸着我们姐弟的头,语重心长地教育我们,最多是把手高高抬起,然后又轻轻放下,偶尔布满老茧的手掌也会落在我们的屁股上,我们却感觉不到疼。"

读了《娘》使我更加坚信"母爱情结"为什么能够成为我们一种具有普遍意义的思维时尚,其根本原因恐怕就是因为现代生活无休无止的喧嚣、无边无际的红尘,给人们造成强大的心理压力,不得不去回忆自己的童年,不得不让母爱的纯洁去冲淡眼前追逐名利的浑浊。

童年记忆是个体生命成长期的神话,从生命体验为出发点,作者把湮没于时间深处的体验发掘整理成一幕幕动人的生命图景,这些图景虽然只存在于彼时彼地仿佛已然定格,但在成年视角的观照下,它们并非是永不复返,而是更具有唤醒记忆、生发激情的弥足珍贵的财富。"有时我们为了能尽快出去玩非要穿着衣服让娘缝,这时,娘会找到一根草棒或席篾儿让我们放到嘴里,娘会边缝边念叨着:'穿着缝,没人疼;穿着连,多人嫌。'其实这也不是说娘迷信,可能是为防止我们乱动,又怕手头没准星,钢针扎着我们吧;嘴里含根草棍,把注意力集中在草棍上,当然就不会乱动了。"每个人的童年记忆不尽相同,但其中蕴含的要素,诸如怀旧、亲情、生命意识等等,是最能引起共鸣的。童年记忆是心灵迷宫中最为神秘的部分,因而童年记忆所能提供的心灵图式也是最有生命和文化意义的。母爱,决不只是一种情感的本能,更应该是一种理智的担当。它看似柔婉实则坚韧。或许,母爱的力量在琐碎的日常生活中无从体现,但在必要的时候,它却可以惊人地爆发,百折不挠坚不可摧,每一位母亲都具备这种力量的。我想,这种力量,应该源自于身为母亲的责任心,或者干脆说,责任心恰是母爱最坚实的基础。正因为如此,因为责任,我们再辛苦也不抱怨;因为责任,我们不惧怕生活的改变;也因为责任,我们不敢有丝毫的任性和偷懒。我们越来越清楚地懂得,没有承担责任的勇气,一切以爱为名的东西都会沦为虚幻、虚弱和虚伪。

《娘》给我们描摹的是所有少年刻骨铭心的生命记忆。从字里行间我不仅读出了"娘"的质朴，也读出了世明散文的质朴。我认为世明的散文创作风格也酷似这样的一位质朴母亲，而正是这样的质朴才造就了像世明这样的散文作者。

世明先生与我相识十几年，但在《娘》的文字里、在母爱里我们相知，我阅读他的往事就是阅读我的童年，"娘"一生有坎坷、有磨难，正是"娘"对命运的深情理解与艺术表达，才使这份母爱能够深深地打动人心。

读《娘》，忘了这是文章，忘了这是书，只觉眼前是人，读的是一片心迹——跟随世明遭遇的那些岁月，也哭泣，也欣喜，心灵渐渐沉潜下来，平静祥和。重看世界，眼光纯洁、内心坚定。因为有母爱陪伴，有娘在身旁。

娘，天下母亲的缩影
——读郭世明散文《娘》有感

秦启平

与郭世明先生神交已久，相识、相知已久。知世明先生已是沛县作家协会副主席，甚慰。从他近年出版、发表的作品来看，其创作得心应手，渐入佳境，作品呈现出了质和量的明显提升，不愧是近年活跃在苏北文坛上的一颗闪耀新星。

最能彰显世明先生创作实绩的无疑是他的散文作品。他的文学阅读泛而精，内心世界丰富多彩，作品题材涉猎广泛：有乡村题材系列作品，如《老井》《老屋》《故园香椿树》等，有城市题材系列作品，如《汉城荷花又飘香》《书房情结》等，有优美而富有诗意的游记，如《长白山天池》《安国湖湿地在等你》等，有嬉笑怒骂、诙谐幽默的随笔，如《人生如戏》《哥哥你错了，姐姐没错》等。其中，最能展现创作才能、最让人喜爱、让人倍受感动的是他写人叙事的乡村系列亲情散文作品。散文《娘》，更是他乡村题材系列作品追忆怀人篇章的代表作。

《娘》这个标题起的好：亲切、醒目、意味深长。每次看到这篇文章，《娘》都会直逼我的眼睛，触动我那颗柔软的心，也会时时刻刻提醒着我念起我的母亲我的娘。文中，作者用简洁的语言、平实的文字表达自己对母亲最真挚的情感：深深地爱恋和赞美。作者对母亲多年积累的情感，在心间发酵着、酝酿着、火山爆发般喷涌而出，令人震撼而又荡气回肠！每次阅读《娘》，我都会被作者炽烈的浓浓亲情深深感动着。

娘，是一位普通而又平凡的农村妇女。她"中等个子，大眼睛，心灵手巧，有着健康的古铜色肤色。""慈母手中线，游子身上衣"娘对儿女疼爱有加，爱是无私的，不求回报。"小时候，我和弟弟贪玩好动，整天翻墙爬树、捅马蜂窝，经常会浑然无知中把衣服弄破。细心的娘总是会第一个发现然后按部就班地找到针线盒，穿好针线，把我们的衣服脱下来，拍打拍打后，就一针一针地缝补起来。"娘没有多少高深的文化，却是孩子成长过程中第一任称职的老师。娘重视下一代的教育。家贫，姐姐相继辍学，但娘咬紧牙关，就是砸锅卖铁也要供作者和弟弟上学。在教育、影响孩子方面娘是成功的，给作者一生留下了极为深刻的印记。"记忆中，哪怕我们犯了成人眼里不可饶恕的错，娘也从来没有打骂过我们。娘或是把我们心疼地搂在怀里，动情地讲述娘小时候的事，或是用温柔的手抚摸着我们姐弟的头，语重心长地教育我们，最多是把手高高抬起，然后又轻轻放下，偶尔布满老茧的手掌也会落在我们的屁股上，我们却感觉不到疼。最后我们总会在娘那双闪烁着慈爱、温柔光芒的眼睛面前低下头，表示要痛改前非。"如果说孩子是一株幼苗，那娘就是和风细雨和脚下的土地；如果说孩子是一棵小树，那娘就是一棵大树让我们依靠；如果说孩子是一朵白云，那娘就是广阔的蓝天让我们依偎。娘，是给我们生命、哺育我们长大的人。

娘，是一位勤劳又善良的农村妇女。她内心无比强大、宽容。生活的磨难，没有泯灭娘天性中的善良和厚道，也没有改变娘积极乐观的人生态度，面对困境，娘从不退缩，永不言败。"大娘有时也会在娘面前颐指气使，行使当家作主的权利，不管娘有多忙，她都会让娘洗衣、舂米、做饭、纺纱、采桑、喂蚕，忙这忙那。""在祖父、祖母面前都是谦恭卑微，从来就没有出过大气，抬起过头，唯恐说话不到，做事不周。在我们的印象中，娘从来就没有和妯娌们红过脸，更没有和邻居们吵过嘴、闹过别扭。"

与作者相比，我更幸运。虽然说父母亲远在大西北的宁夏工作，而我从小就生活在故乡——石头城郊区的东门古镇爷爷奶奶身旁。平时从吃饭到穿衣一丁点儿生活小事，都会倍受祖父祖母的呵护。同时，我也会时刻感受到来自大西北父母亲无微不至的关爱。每隔十天半个月的，父母亲总会从宁夏写封对儿子嘘寒问暖嘱咐的家书。天冷了，是母亲的亲手织的毛衣温暖了我；我馋了，是父母亲寄过来的大西北土特产满足了我。

儿行千里母担忧。是的，无论孩子走多远，永远都走不出母亲期盼的眼神和心中的期待与希望！天下母爱永远是无私的。对子女的爱，永远会让每一位做儿女的都刻骨铭心。

《娘》是一篇关于母爱和亲情的作品。《娘》能让我们停下忙碌的脚步回头看看，能让我们在名利的追逐中静下心来，能让我们多想想自己的爹娘，多尽尽孝心，多陪伴亲人，多去体验生活中的亲情和温馨。在娘身上，集中体现了中国母亲的优秀品质和伟大情怀，娘不再是作者一个人的母亲，而是中国千千万万个母亲的缩影。

故乡、故土、故园，农村、农耕、农民，是一个乡土作家书写乡村的永恒主题。读着世明先生那些真情华美的散文，或眼前一亮，着迷上瘾，或心潮澎湃，期盼等待。一群小人物命运多舛，艰难打拼着、苦苦挣扎着、默默坚守着，会让人感动得泪流满面；温馨动人的亲情、弥足珍贵的爱情、弥远醇厚的友情，会让人感到作者对生命的感恩、敬畏是油然而生的，如山父爱、似海母恩无论怎么都是无法让人能轻易忽略的。

《娘》这篇散文在语言使用、结构安排、人物描写等方面都有不少值得称道的地方。文章透出一股汉皇故里人的透彻清亮，第三人称的叙述角度，像讲故事一般，娓娓道来。白描的语言和表现手法，既不卖弄煽情，也不凌空虚蹈，个性化的语言，质朴、真诚、接地气。人物描写不夸大其词，不肆意拔高，人物形象真实可信，感人至深。

冰心说："成功的花，人们只惊羡她现时的明艳，然而当初她的芽儿，浸透了奋斗的泪泉，洒遍了牺牲的血雨。"是的，世明先生的创作是成功的。成功的背后是他甘愿为之付出的努力和不畏困难、勇于突破的奋斗，是他经受了当初破茧而出的艰辛，承受了风吹雨打的成长磨练。

世明先生从事中学教育工作近三十年，每天都在繁忙的教育教学或管理事务中度过。但每当夜深人静的时候，他能沉下心来，从事自己喜爱的文学写作。"尽力写关注社会现实、关注底层群体、挖掘生活的真谛、讴歌美好为基调的作品，仍会一如既往关注探究当代人的心灵世界，写出自己对人生和文学的思考，写出自己认为比较完美的文字。"在灯红酒绿、追名逐利的当下，世明先生这种对文学的执着精神显得更加弥足珍贵。

品其文，知其人。祝愿世明先生在今后的创作中能奉献给读者更多的精品佳作。

风景永远在路上
——读《长白山天池行记》有感
王学成

与郭世明先生同在县文学社团群里。之前交集并不多，只知道他喜欢写作，经常有文章发表于各类报刊杂志，经常在群里推送沛县及其他地区知名作家的美文佳作，创建了纯文学展示交流平台"汉韵楚风"公众号。一个偶然机会，见到了他，一下便被他的气度、谈吐和学识所吸引。进一步了解才知，他原来还是中国散文学会会员、市作家协会会员、沛县作协副主席，市中青年优秀骨干教师和县拔尖人才，难怪他文章如此撼动人心，难怪他拥有那么多的铁粉。

郭先生对文学、哲学、美学颇有研究，百余篇作品曾在《瞭望》《时代青年·哲思》《散文百家》《扬子晚报》《现代快报》《江苏教育报》《劳动时报》等全国几十家报刊发表，并有文集《美的教育》出版。而我，工作之余也喜欢摸摸鼠标，敲敲键盘，文字偶尔见诸《沛县教育》《小海燕》《关工在线》等报刊，充其量只能算是一个阅读与写作的爱好者，是写作路上初尝甘果的行者。一天，我和郭先生互加了微信，并经常畅谈阅读感受、交流写作体会。先生多次说我文笔老辣，视角独特，很适合写文学作品和评论，并鼓励我尝试着练练笔。

一日，正研读先生的散文《汉城荷花又飘香》，这篇微信公众号刊发的散文一天的阅读量就达万人，后来还被省《劳动时报》、市《都市晨报》纸媒刊发。本想就这篇美文谈谈我近日读书感受，忽然看到先生又发新作《长白山天池行记》，先睹为快，于是又改变主意，想以他的新作《长白山天池行记》说说我蜻蜓点水式的感悟。

早就仰慕钟情天池。想象中，天池应该山清水秀、树木葱郁，鲜花遍地，是一个云遮雾罩、灵澈剔透、充满灵仙气的地方。此池只应天上有，人间哪得见几回？这里应该像云南滇池，四周崖壁峭立，光鲜靓丽，花团锦簇，碧水如玉。一群仙女正玉体姣肤，燕语莺声，正在戏水玩耍，打闹取乐，戏水声、打闹声、说笑声，连小鸟都吸引住了，站在崖壁的树枝后欢鸣，是《西游记》中西梁女国与世隔绝的那个世外桃源。及至读了《长白山天池行记》，跟着作者一路行一路赏，一路赏一路乐，一路乐一路拍，才知并非如此。

天池容貌娇美，着实迷人。这里树木繁多，鲜花如织，绿草如茵。满山遍野的杜鹃花、姹紫嫣红的高山菊、亭亭玉立的长白乌龙花，把高山大花园装扮得异常美丽，分外妖娆。杜鹃花如彩云朵朵，霓裳飘飘，似锦缎霞披，蔚为壮观；高山菊傲立岩壁，团团簇簇，争奇斗妍，紫红相间；长白乌龙花婀娜多姿，娇艳欲滴，迎风绽放，舞动风姿……在作者的笔下，每种花都是那么娇艳美丽，风情万种，妩媚迷人，每种花都像西梁女国的窈窕美女，让人沉迷沉醉，不忍舍归。

天池云推雾罩，晴雨无常，瞬息万变，充满着神秘色彩。这里"时云，时雨，时雾，时雪，云、雨、雾、雪不仅把天池装点得景观奇异，格外迷人，而且更加迷离虚幻，给人一种神秘莫测、腾云驾雾、飘飘欲仙的美感。"难怪有人乘兴而来，败兴而归，难见天池的娇艳容颜。"沾衣欲湿杏花雨，吹面不寒杨柳风"虽然有些失落，但闻到了天池的气息，其实也不算空手而归。

无论是雨中，无论是晴天，无论是乘车穿越林海，还是沿着陡峭狭窄的山石拾级而上，通往天池的路本来就是崎岖不平、环环绕绕、令人神往的。茂密的阔叶林带、有趣的阔叶针叶混交林带、挺拔的针叶林带幻灯片似的依次隐现，虽然没有魂牵梦绕的梦想庄园，但能见到五彩斑斓的高山花园，也不枉此行。沿着湿漉漉、滑溜溜的台阶攀登，一路走一路赏，一路赏一路歌，像探险又像旅行，还像寻找什么，置身云水之间，一路精彩，一路通灵，一路美心，远离纷争喧嚣、尘世芜杂和滚滚红尘，多么舒心惬意！

遥奔长白，不为别的，就是为了一睹天池芳容。天池瑰丽，"宛如一块空灵宝镜镶嵌在雄伟的长白山巅中心点，在天光水影的变幻之间，在奇峰危崖的环抱之中，天池像位美丽贤淑的少女在静静地等着她心上人的到来。池中奇峰倒影，水面波光粼粼，那晶莹剔透的湖水上面浮着一层薄薄的水雾，犹如琵琶半遮面般的感觉。梦幻般的让人遐想……"的确，天池空灵澄碧，瑰丽无比，让人遐思。作者在联想，我也在联想。在作者的笔下，天池变成了待嫁的新娘，池边十几座奇峰变成了迎接嫁娘的迎亲队伍，而我，则愿意把天池想象成一位未出阁的少女，正打开天窗遥望雨后彩虹，遥盼远道而来的王子。而英俊潇洒、才学卓著的郭先生，还有万千沉迷山水翘首以盼的旅行者，无疑都是最佳人选了。只是不知最后，天池姑娘的绣球会抛向谁，谁才会赢得那醉心的彩头。

"回看桃李无颜色，映得芙蓉不是花。"桃李也好，芙蓉也好，都是一种美好的意象，寄托着一种美好的向往。仔细想想，桃李，花，天池，被嫁新娘苦等的作者、游人，还有跟随作者一路走一路遐想的我们，都是这个火热夏季的出水芙蓉。"出污泥而不染，濯清涟而不妖"，很高兴

155

跟着作者，行走在长白山的白山峭壁之间，"细细欣赏长白山的万种风情，用灵魂去感受长白山天池神奇的密码"，用她那诗画般的如幻美景和博大雄浑去荡除烦恼不快、物欲浮躁和可望不可即的滚滚红尘。

旅行，本身就是一种寻觅、寻亲的过程。一路风景一路情，美好的风景永远在路上。亲近自然，拥抱山水，亲吻花香，在丛林叠嶂、碧水青山间徜徉流连，一定会寻觅到心仪的恋人。长白山天池，就是作者、游人，亦是我们读者苦等苦盼的痴情恋人。

生活中的诗和远方

王芳

其实,初识郭世明先生是在我县创作团微信群里。那日,他发文说一同学不幸去世,痛彻心扉!他同学恰是我大学校友,我闺蜜夫君,得知噩耗我一样难过。向郭先生询问详情,算是认识了。初见郭先生,是在一次教育采风活动中。他坐在我的前面,车的前排,没敢唐突询问,也就没说话,但心里却有一种亲切感。

他给人的印象干练儒雅,沉稳冷静,满满的书卷气。

郭世明先生是一所高中学校的领导,公务繁忙,能挤出时间创作,文字常见报端,勤奋执着,令人敬佩。《徐州日报》《彭城晚报》《都市晨报》……常可以看到他的作品,《散文百家》《歌风台》等纯文学期刊也时有作品刊发。他的作品笔触涉及许多题材,有对故土的深情吟唱,如《老屋》《家乡的老井》《故园香椿树》《早春飘来荠菜香》等;有对亲人朋友的亲情回忆,如《娘》《父亲》《料得明年花更好》《静待花开会有时》等;还有山水风物,游踪履痕的记录,如《长白山天池行记》《梦幻周庄》《登峄山》《汉城荷花又飘香》等。作品或质朴感人，充满鲜活的泥土气息；或情感炽热，直抵心灵深处；或逍遥山水，浅吟低唱，令人回味无穷。其中，山水风物的创作更具独特魅力，画面感强，语言生动细腻，景物流动自然，字里行间流淌着某种情愫，可以看出他细腻的内心有着诗意的追求。

郭世明先生山川风物类文字，追求诗意，拒绝生活的平庸。这种诗意不只是表现在语言文字的诗化，更表现为对现实生活诗意的开掘。《汉城荷花又飘香》正是这类美文的代表作之一。和郭世明先生一样，我也喜欢荷花，有惺惺相惜之感，所以特别喜欢《汉城荷花又飘香》。"生活不只有眼前的苟且，还有诗和远方的田野。"（高晓松）"一个人只有今生今世是不够的，他还应当有诗意的世界。"（王小波）除了今生今世物质世界之外，每个人心里都应该有一个诗意的世界。她可以是月华三十，江湖扁舟渐远；可以是雨湿黄昏，伸一枝桃花听雨，可以是荷花十里，闻满池荷香静谧……只有回到这里，心才不再流浪，时光才会美好，沸腾的血才会波澜不惊，浮躁的内心才会归于安宁。

如果只是本能活着，把摇曳多姿的生命活成消化粮食的机器，把有滋有味的日子，活成一页一页扁平单薄的日历，灵魂将缺少多少趣味。生命的意义便是不断给生命意义，人，不停地从生活中出走，寻找温馨平静的憩园。陶渊明冲破世俗的樊篱来到了桃花源，清新的文字芳草鲜美，落英缤纷；梭罗挣破物质的围困来到瓦尔登湖，思考人生；英格兰低回忧伤的旋律，打造出《斯卡布罗集市》，让人沉静自失；郭世明先生引领我们到汉城荷塘，放松身心，领略喧嚣外的芬芳宁静。这些都是生命个体的诗意和远方。

郭先生的《汉城荷花又飘香》以清新典雅的文字，优美整齐的四字短语，气势磅礴的排比句，呈现给我们一个不一样的"远方"。在庸常里寻觅诗意，在熟悉里发现风景。他以敏感的笔触带我们一路欣赏荷花，一路品味人生。

"荷叶田田,绿盖叠翠,碧荷连天,翩翩起舞,曼妙至极;荷花竞秀,千娇百媚,风姿绰约,亭亭玉立犹遮面,缕缕清香付伊人。"语言整齐,音乐的质感,如诗的语言,无不给人美感。文中还这样描写荷花:"含苞的,含蓄内敛,静如处子,虽才露尖尖角,却早有蜻蜓立上头;待放的,犹如娇羞的少女,犹抱琵琶半遮面,欲语还休,又像圣洁的童子面,光鲜可人;绽开的,浓妆淡抹,迷离人眼,阳光辉映下,色彩娇艳'别样红';走近了,可见黄白相间,红绿错落,花叶相依,莲蓬点缀,清香缕缕,沁人心脾。"这样的文字柔美中不失大气,温婉里揉进风骨,让人唇齿生香,余音绕梁。随着先生精彩语言欣赏荷花,步步莲花生,千娇百媚,令人心醉神迷,这是映日荷花的风姿。汉城公园,每一天都有无数人经过,谁说熟悉的地方没有风景?

而雨中荷塘,烟雨迷蒙,又有花香弥漫的无上清凉。她的美入骨入心别有一番滋味。郭世明先生笔下的荷塘或晴或雨,都是一幅活动的画卷。画里每一朵莲花都富有诗意,如这个夏天缓缓流淌的一股清流,一点点浸润内心,令人神清气爽,渐渐沉浸其中……

《汉城荷花又飘香》不止于用优美的语言,呈现一步一莲花的风景如画的层面,又深入个体生命体悟的精神层面。这体悟既有传承,又有突破。莲的高洁脱俗,莲的傲岸独立,无不给人强烈的震撼。比如"在莲盛开瞬间,生命的美丽便开始走向凋零,但她一刻也没有放弃生命的绽放……"莲用心的破碎成全了花的美丽,在她盛开的瞬间,生命的美丽便开始走向凋零,但她无怨尤悔,一刻也没有停止绽放。试问:风吹雨打也不能减损她的美好,这是何等的坚毅?这是何等的品质?

其实,一个人的生活状态,就像一巨幅油画,站得太近,看不出所以然,拿个放大镜照一照,连画布和油彩都像是一地鸡毛。要欣赏到它的美好和韵致,非得站的远一点不可。走出身边的藩篱,去远方的田野,那里有满城的荷花,有诗意的生活。郭先生的这篇文字以无声胜有声的语言提醒我们:不要把生活赋予我们的每一天,打造的那么油腻平庸,在岁月流转中,摒弃内心的喧哗与浮躁,别忘记去远方寻找出生活的诗意美。

　　室外,夏日炎炎,暑气正浓。室内,煮一壶新茶,满屋清香。一遍遍读《汉城荷花又飘香》,便觉青荷绿在眼前,莲花开在水中;如亲临汉城公园赏玩青翠欲滴的荷叶,凝视灿若云霞的荷花,字里行间便会生出香气。原来汉城荷花飘香时,可以这样美,美到无拘无束,美到无与伦比。

　　这便是生活中的诗和远方!

　　如此甚好。

苏北乡村的历史画卷
吴广川

最近,"汉韵楚风"这个微信公众号有点火,引起了我的进一步关注和研究。

"汉韵楚风"是文友郭世明2018年2月创办的一个微信公众号平台。"汉韵楚风"一开始"完全是自娱自乐",只是陆续推出了他自己的一些散文原创作品,"后来一发不可收拾以,忠实粉丝几千人。有的精品文章一经推出,迅速被转发,点击迅速过千人有的甚至过万人。"他曾动情地告诉过我:"我觉得,办好一个平台不容易,很累!但忠实粉丝这么多,如果办不好这个平台,如果不能推出好的作品,真的感觉对不住粉丝们。"这年头,网络微信作品非常走红,深受读者的青睐。我对他说要认真办下去,你拥有的读者绝不比一些纸媒刊物少。因为读者看重的是作品,而不是刊物的样式。

目前,"汉韵楚风"平台以"刊发散文原创作品为主,努力打造散文高地平台",推出了一批全国范围,特别是着力推出了江苏散文作者的原创作品。经平台刊发的 166 篇原创文章有 40 余篇次陆续被《散文百家》《楚风》《参花》等全国有影响的杂志和省市级报纸转发。其中平台刊发的散文《五里三诸侯醉美安国湖》被一国家级网站转发，浏览达 79 万人次。我非常看好这个平台，并把我的几篇稿子发给了他，没想到，文章也都先后刊出，效果非常好。

前几天，世明发给我他的微信公众号上的几篇散文，要我写点评论文字。我自知文浅才薄，怕写不出像样的东西，但文友之情不可却，便应了下来。

打开世明发来的作品，我立即被吸引住了。读完作品，我觉得这分明就是一幅苏北乡村的历史画卷。

那个年代，有许多东西可写。世明写了家乡的《老井》《老屋》《故园香椿树》，写了《娘》的手擀面和饭桌上的《荠菜飘香》，写了《父亲》做《生产队长》的一段历史，写了兄弟之情，姊妹情深，还写了农闲时的乡村文化生活，如看电影，听扬琴，听说书唱戏，听艺人讲杨家将、岳飞传、黑包公的故事，都很有味道。

《老井》，那是记载乡村的一面镜子。清晨和黄昏，是全村人相聚的地方，他们到这儿挑水，开始一天的生活，井台上传播各家的新鲜事儿。大闺女，小媳妇，说说笑笑，把水桶打满，挑着回家。曾几何时，老井换成了压水井，再后来又换成了今天的自来水，这就是时代的进步，社会的变迁。那压在老井上的青石板，见证了村庄的变化，那是岁月的象征吧，它盖上了一个旧的时代，历史又翻开了新的一页。

《老屋》是作者美好童年生活的回忆和成长见证。"记忆中的老屋美好多了，完全不是这个样子！老屋的一砖一瓦、一窗一棂、一栋一梁曾是那样的熟悉、温馨，伸出手，仿佛就可以触摸到老屋的温度，甚至每每出现在我的梦里也都是那样的清晰可见。"曾经的天伦之乐、姐弟情深，曾经的理想壮志、心路历程，都是镌刻在美好的画面和温馨的记忆中。熟悉的人，暖心的事，一切，都恍如昨日。"老屋老了，院落更显空旷和寂寞。但老屋如同一坛陈年酒酿，愈老愈醇香；老屋是我灵魂深处的家，一艘永不沉没的诺亚方舟。"慈母手中线，游子身上衣"，乡音不改，玉壶冰心，心怀老屋，就不会忘本。"

香椿树，大家都很熟悉。春天到来的时候，农民摘了那树芽儿，放到开水中一烫，拌上豆腐，加点盐、香油，吃着十分新鲜可口。这香椿豆腐老百姓都爱吃，也都会做，但世明在《故园香椿树》中，笔墨并没有停在表面，而是深下去，深入到饥饿的年代。那时的乡村，野菜成了人们的宝物，不仅香椿，还有荠菜、榆钱、槐花、柳芽、苦苦菜等等，这些野菜有恩于我们，帮助我们度过那些饥饿的岁月。他写道："今天，成长在幸福生活里的孩子们是无法体会到父辈、祖辈们生活的艰辛与挣扎，无法体会到他们的无私奉献与默默担当。在我辈人心里，香椿是父亲，香椿也是母亲。"

因为真情所以动情。读了世明的这些散文，我竟如此动情，是因为世明作品描写的许多情景我都经历过，读着感到亲切温暖。

饥饿的年代，我和世明一样也吃过各种野菜，往事历历在目，至今回味那刚露出的柳芽，母亲曾用开水烫了，拌以盐，虽然有点微苦，但吃着却别有味道。荠菜、榆钱、槐花、苦苦菜、灰灰菜，蒌蒌芽都吃过。我家院中也有棵树，但不是梧桐而是槐树，每年槐花开的时候，我会爬上树一朵朵一串串地把花摘下来，以至后来我曾写了一首诗："五月槐花遍地香，为何惹我泪双行？当年慈母春荒日，曾用槐花熬命汤"。想来，世明应和我有同感吧。而我在故乡务农的日子，麦收之后，插秧完毕，村民总要请上一二说书艺人，说上半个月，书场设在村边河上桥头，携个凉席一铺，听着书，浴着顺河风，在明媚的月光下不觉就睡着了。这乡村的文化生活至今回忆起来仍然有滋有味。

乡村的过去，是写不尽的。从老百姓的衣食住行最能表现出社会的发展，时代的进步。我看到的这组散文写了吃，写了住，而衣和行写的较少。当然，还有更深的东西可写，可悟。只有写出了老百姓的喜怒哀乐，悲欢离合，生离死别，春种秋收，天地轮回，岁月沧桑，用文化的眼光去进行观照，作品才会更有厚度和深度。而过去的苦难饥饿是和今天的幸福甜蜜来对照的，而今天又是通往明天的梦想的桥梁。人生，社会，就这样不断地进步着，那升起的太阳每天都是新的。文学亦然。世明熟悉的校园生活，辛勤的园丁，绽放的花朵，更是挖不尽的文学宝藏。建议世明也尝试着写一写当代校园生活作品，再为苏北乡村的历史画卷增添上浓墨重彩的一笔。

  站在今天的太阳下，回忆过去，就像做了一场梦。没有了，那冬暖夏凉的老屋，那欢歌笑语的井台，那饥肠辘辘的日子。如今，虽然住在高楼大厦，有时却怀念那草房土舍；虽然吃着山珍海味，有时却怀念那野菜树芽；享受小家庭天伦之乐时，有时却怀念那慈母严父的爱。这颇值得我们研究思忖。

  我喜欢世明的散文，它把我带进了那个难忘的年代。人是不应当忘本的。对于我们，苦难就是一笔财富。"忘记过去就意味着背叛"，我坚信列宁导师的这句话。

  从艺术上感受世明的散文，多有可取之处。他的散文温暖、美好、淳朴、真诚。文中没有那些虚浮的花里胡哨故弄玄虚的东西，而是实实在在的坦诚，真真切切的纯真。美好的回忆，似阳光普照，春风拂面，给人以怡情快乐，更给人以鼓舞和力量。

  世明的散文创作颇具个人特色，特别是他的乡土系列作品有滋有味原滋原味，不写情却有情，不煽情却动情。如《故园香椿树》，写的是抵挡不住的美味香椿，忆的是割舍不下的浓浓亲情。世明文笔细腻，语言平实，运用白描等手法、比喻等修辞，为我们勾勒出了"香椿的味道，父母的味道，浓浓的情怀，甜甜的回忆"。世明把香椿比做是哺育自己成长的父亲母亲，"香椿是父亲，香椿也是母亲"。我认为这比喻是新颖、妥贴的。结尾一句"时光流逝，年少时懵懂记忆日渐淡薄。看着楼下的几棵小香椿，我眼前始终抹不掉父亲种下的故园那棵香椿树"更娓娓道出了牵动内心的那根最柔软的故园情思！

　　世明也有遗憾。"后来，因工作原因，我远离了生我养我的乡下故土，搬家到了县城。十多年来，尽管我和妻儿经常回家看望仍坚持住在乡下的父母，却很少有机会抽个空儿和爱人、孩子再牵着母亲的手一同到田野，访绿色，探春意，挖野菜，吃荠菜；很少再有闲情逸致去触摸一种归真返璞的生活情味了。"（《早春飘来荠菜香》）父母年龄大了，孩子们都在外工作，不能陪伴在父母身边，"面对生命的衰老、逝去，我们总会感到无能为力。无常总是作弄人，转身之间，曾经把我们当宝贝，照顾过我们衣食住行的父母却成了需要我们惦记照料的对象了。""来医院时，我一再提醒自己要坚强，不要在父亲面前流泪。但当我看到病床上有气而无力的父亲时，我内心一阵酸楚，尤其是看到父亲那双孤寂落寞、浑浊无神的眼睛里留下了两行的泪水，我更是一阵揪心的疼痛，霎时间，泪水模糊了我的双眼。"（《父亲》）世明的遗憾，实际上是一种对美好乡村生活的热爱和留恋，对家乡父母深深的感恩和挚爱，更是他真性情的直白和流露。

　　世明是一所高中学校的领导，管理繁忙，业务缠身。业余时间还要写作，还挤时间办了这个微信平台，这是要耗费大量精力，需要付出心血的。当然也有乐趣在其中。他还为沛县的散文作者提供了一个良好的自媒体平台，甘为他人做嫁衣，他选发的散文有品位，有看点，有文彩，有影响，足见他的审美眼光。有些作品被省市报刊选发，被其他自媒体平台转发，产生了更大的影响。祝愿并相信，他的创作会越来越成熟，他的"汉韵楚风"微信平台会越办越精彩。

师爱无垠传薪火
滕飞

欣闻母校郭世明老师又将有作品集出版，非常期待。

郭世明老师在教书育人、做学生"引路人"的同时还能笔耕不辍，陆续在《光明日报》《扬子晚报》《现代快报》《徐州日报》等省、市级媒体上报道母校取得的成就、总结母校办学经验，几年下来，也有十余万字，实为不易！为母校有这样辛勤耕耘的老师感到荣耀和自豪。

一个学生遇到好老师是一生的幸运，一个学校拥有一批好老师是学校的财富。我的母校就有一批"有理想信念、有道德情操、有扎实学识、有仁爱之心的'四有'好老师"。他们师德高尚，业务精湛，充满活力，是教育改革的奋进者、学生成长的引导者。郭老师就是母校众多优秀教师的代表。

郭老师在繁忙的教育教学和行政工作之余，挥毫大汉魂，泼墨小沛情。文章或通讯，或简讯，宜长则长，该短则短，有些虽是应时或公务之作，但也不为写而写。篇篇文章，句句真情。有些文章"文约而义博，辞近而旨远"；有的文章雅而不生涩，俗而不有粗；特别是文后的散文随笔，没有一定的文学功底和炼字功夫是无法写出如此美文来的。一组组近乎完美的新闻图片，角度奇、创意新，讲究构图、布光、人物景色的取舍等，让人过目难忘；没有一定的摄影技巧和敬业态度是无法拍出精彩瞬间来的。

历史已经书写了母校华彩的篇章。回首过去，我们心存感激。

近百年来，在沛县中学这片厚实的土地上，是见高德厚的先辈们，筚路蓝缕，开创了沛中的基业，为沛县中学的发展作出了卓越的贡献；是一代又一代的师长们，薪火相传，倾注他们的青春和汗水，陪伴沛中走过了她曲折而艰辛的历程；是一届接一届的沛中学子，用他们的聪明才智和非凡的成绩，为母校增了光添了彩。

遍地蕙兰思化雨，满园桃李谢春风。人世间的一切感情之中，老师与学生的感情、母校与学子的感情是最纯洁、最真挚的感情！慈母有心皆透赤，园丁无爱不垂青。走出校门后的莘莘学子时刻没有忘记母校和家乡的父老乡亲，依然以一颗赤子心关心母校建设、惦记故土发展，为沛中和沛县的发展做贡献。我们时刻都能感受到社会的期望和关爱，时刻都能分享到彼此真诚的友爱。正是这种期望与关爱，正是这种相互而诚挚的友爱，共同构成了沛县中学校园的精神支柱，灵魂之魄，为每一个学子点燃了昭示希望的火种；我们大家对沛县中学是如此熟悉和挚爱，母校每一位老师的音容笑貌乃至上课时的每一个细节，校园里每一处景、每一件物都是那么可爱，那么充满深情，这种深情已经深入我们的骨髓，镌刻于我们心间。

这里，演绎着古老与年轻的风云交汇，激荡着历史与现实的碰撞火花；

这里，盛开着拼搏与智慧的花朵，留下了我们青春飞扬的印记，引领我们踏上光明的征程；

　　这里，是我们施展才华的舞台，是我们放飞希望、梦想成真的金光大道；

　　这里，是我们寒窗苦读的圣地，更是我们庄严的精神家园。

　　满腔热血献教育，三尺讲台写春秋；师爱无垠育桃李，真情奉献传薪火。

　　仅以此文贺母校郭世明老师作品集出版。

为时代见证，必为历史留存
陈荣海

世明是我曾经的同事。我们有幸相识相知，在沛县中学度过了三年多美好的幸福时光。

到沛中去工作之前，我只是在报刊上偶尔阅读过他的文章，只是听朋友们偶尔说过他，我们没有过往来。但从他的文章里看得出他是一位有才学和天分的人，从朋友们的话语里听得出他是一位值得肯定和信赖的人。

2010年11月，受组织委派，我到沛中任校长。那时世明还是沛中的办公室主任。我第一次见到他是在我的办公室。他留给我的第一印象是：忠厚老实、精明能干。在后来的工作、交往中也证明了这一点。

作为一名老师，世明是合格的，也可以说是非常优秀的。他熟知教育教学规律，有较全面的教学理论知识和较高的教育教学水平。他是徐州市青年骨干教师，沛县拔尖人才和沛县语文学科带头人；他是徐州市高评委专家库成员，省、市教育学会会员；他两次参加江苏省高考作文阅卷，并被评为优秀阅卷员；他主持完成了中央教科所《传统文化与中学语文教学》国家级立项课题、市级立项课题多项，在国家级、省级刊物上发表专业论文二十余篇，出版十余万字的教育教学专题论著《教海探航》一部。主编沛中校本教材六部，其中《汉风流韵》获中央教科所科研成果特等奖。

有一天，世明在电话里说，他假期里收集整理了他在报刊上发表的通讯、新闻文章，想在沛中建校百年之际把它整理成集，并想让我写序。我欣然应许。

一篇篇书稿，既是沛中"办人民满意教育，建设幸福沛中"辉煌成就的真实写照，也是沛中师生孜孜以求、努力拼搏的见证。世明在教好书育好人做好管理工作的同时，还能永不停息自己的追求目光，永不停息自己的前行脚步。作为一名非专业新闻人，能坚持正确的舆论导向，客观、真实、公正、及时地报道沛中取得的成就和宝贵的办学经验，能贴近沛中实际，贴近师生学习生活，传递信息，总结经验，把学校的宣传工作做得如此轻车熟路，形成了清新明快、高端大气上档次的"沛中"风格，实在是难能可贵。

沛县中学始建于1923年沛县老城原歌风书院，这里曾是中共沛县地下县委诞生地，著名革命活动家孟昭佩、郭影秋先后以校长、教务主任的身份掩护和领导革命斗争，沛中一度成为沛县革命活动的中心，造就了一批批革命与建设人才。历经百年风风雨雨，沧桑巨变，学校培养了以中科院院士张涵信为代表的数以万计的优秀人才。

十二五开始，学校不断加大教育教学改革力度，工作重心实现了"从外延规模扩张向内涵质量提升转变，从粗放式管理向精细化管理转变"。学校实行年级部管理，管理重心下移，领导干部深入年级办公接地气；教育科研、学科竞赛成效明显；优异的办学成绩使沛县中学正在成为苏北教育战线上的一颗璀璨的明珠。

一所学校应该有高度，那就是发展和贡献；应该有力度，那就是勤奋和踏实；更应该有温度，那就是价值和境界。学校正通过创新式改革、精细化管理、内涵式提升，达到这种气度，实现"幸福沛中"的壮美图景……

2014年8月，我调到江苏模特艺术学校工作，离开了朝夕相处的同事，离开了火热的沛中生活。但当年沛中师生面对挑战不示弱，奋发图强求发展，同事们衣带渐宽终不悔、团结协调干事业，轰轰烈烈的场面仍历历在目，仍将催促我在新的工作岗位上更加努力前行。

沛县中学的发展历史就是由师生们拼搏奋斗精神写就的。一个个瞬间印迹组成了沛县中学的近百年历史。为时代见证，必为时代留存——譬如世明的这本《美的教育》。我坚信。

浓浓的亲情　淡淡的乡愁
——评郭世明先生的散文

李艾文

读着郭世明先生的散文作品，犹如饮一瓢清冽甘甜的老井水，咀嚼一片馨香四溢的香椿嫩芽，观赏碧绿莲叶中绽放的千娇百媚、风姿绰约，散发着缕缕清香的荷花。郭世明先生的创作践行了"形散而神不散"的散文创作核心理念，又大胆突破了传统散文模式化的创作格局，升华到以真情实感为基调的散文创作艺术境界，从广阔的社会生活中撷英咀华，用饱含深情的笔墨、朦胧诗化的语言，描摹心灵深处真实的感触和对生活的深刻体验。散文从大处着眼，小处落笔，抒写亲情、友情、乡情，字里行间散发出浓浓的亲情，淡淡的乡愁，寄托着作者对原生态自然的热爱，对亲人无限的情思。

一、浓浓的亲情

《父亲》《娘》是郭世明先生亲情散文的代表作。郭世明先生在散文

《父亲》中开门见山，直抒胸臆：

> 看到父亲躺在病床上，脸颊消瘦，颧骨高高凸起，不停地艰难地咳嗽着，给人一种似乎一口痰吐不出来就有可能会背过气去的感觉。看到我来到病床前，父亲动了动，似乎挣扎着想坐起来，但没有成功。来到医院时，我一再提醒自己要坚强，不要在父亲面前流泪，但当我看到病床上有气无力的父亲时，我内心一阵酸楚，尤其是看到父亲那双孤寂落寞，浑浊无神的眼睛里流下了两行泪水，我更是一阵揪心的疼痛，霎时间，泪水模糊了我的双眼。

作者用白描的手法，勾勒出父亲病重时的身体状况。作者把充沛的感情凝结于笔端，浓浓的亲情流露在字里行间，让人荡气回肠。"情"是文学艺术的生命，更是散文艺术生命力的基因。白居易在《与元九书》中说："感人心者，莫先于情"。散文艺术是作家用生命和感情的汁液浇灌出来的，是从作家心底里流出来的血和痛，郭世明先生的散文"有我"，能"言自己之志"。这段真情描写确实能感人肺腑，动人心弦，荡人魂魄。

接着作者宕开一笔，用姐姐和医生的话转述父亲的病情，作者用抒情的笔调写道：

> 面对生命的衰老，逝去，我们总会感到无能为力，无常总是捉弄人，转身之间，曾经把我们当宝贝，照顾我们衣食住行的父母却成了需要我们惦记照料的对象了。

作者浓笔重彩地描写父母与儿女之间的亲情。父亲病重时，尽管我们儿女"揪心的疼痛"，在父亲面前却"不敢流露出任何痛苦表情"，而父亲也"总是竭力掩饰身体疼痛"。由于角色的转换，父亲越来越像一个"老小孩"，儿女对父亲的爱体现在用最纯洁的孝心精心照顾父亲，浓浓的亲情，中华民族优秀的传统美德在字里行间，用直抒胸臆的笔触，自然地流露出来，把感情的波澜助推得一浪高过一浪。

郭世明先生的散文《娘》却用另外一种笔法描写亲情。先用转述的方法，运用白描粗线条勾勒娘的外貌特征：

爹说，娘年轻的时候很漂亮，中等个子，大眼睛，心灵手巧，有着健康的古铜色肤色。

寥寥数笔，一个心灵手巧、精明勤劳的母亲形象跃然纸上。

作者继续用父亲的口吻转述，娘知书达理，谦恭卑微，与邻里和睦相处，脏活重活总是娘去干。洗衣、舂米、做饭、纺纱、采桑、喂蚕，无事不去亲躬劳作，从未有过怨言，没有说过一句伤人的话。娘爱孩子，从来不打骂孩子，总是耐心细致、循循善诱，语重心长地教育孩子。孩子犯了错误，娘总是把手高高抬起，又轻轻放下。孩子翻墙爬树把衣服弄破了，娘总是一针一线密密地缝补衣服。娘还是一个口头文学家，常给孩子讲民间故事和神话传说，娘成了作者文学创作的启蒙老师。娘文化不高，却明事理，有眼光，砸锅卖铁供孩子上学，让孩子将来有出息。作者笔下一个知书达理、勤劳善良、宽厚仁爱、有包容心的母亲形象清晰地跃然纸上，感情真挚，宛如山涧的涓涓细流，从作者心底汩汩流出，散文艺术的张力，感人肺腑，动人心弦。

二、淡淡的乡愁

随着社会的飞速发展，人们曾经熟悉的老屋、老井、老巷，弯弯的乡间小路，往日鱼虾满塘的小溪，一望无际的的水草湿地，渐渐离我们远去了，甚至消失了，留下了无限的乡愁和怅惘。郭世明先生的《老屋》

《家乡的老井》是其书写淡淡乡愁的散文代表作。散文《家乡的老井》所描写的老井，历史悠久，村里上了年纪的老人都记不清老井是什么时候开挖。井沿边的青石被提水的麻绳勒出了一道道槽痕，磨出了弥久历史的岁月故事，郭世明先生笔下的老井令人神往：

  白天能清晰看到水面的天空、人、树的倒影和坑坑洼洼的井壁上斑驳的绿苔，晚上还能看到闪烁的星星和皎洁的月亮。
  井水清澈透明，水天一色，平静的水面像一面镜子，镜子里有蓝天，蓝天里有悠悠的飞鸟，有朵朵的白云，有时也有我们几个孩子清晰脸庞的倒影。

作者独具慧眼，观察细腻，笔法灵活多变，运用多种描写方法，由静态描写转为动态描写，静景动化，静中显动，动中有静，静中有动：

  隐藏在垒砌的石头缝间的一只青蛙突然呱地一声，"扑通"跳到水里，没了踪影。这时，平静的水面被打破了，水波荡漾，闪着光芒，蓝天、白云、飞鸟都不见了。

作者将静态描写与动态描写交相辉映，如果单单静态描写，显得枯燥板滞，难以形成鲜明的意境，作者将这两者结合起来，文章显得起伏跌宕，生趣盎然。

老井功不可没。祖祖辈辈生活在乡村的人们离不开老井，老井是乡下人生活的依靠，是庄户人家的命根子：

  新的一天总是从老井开始。天刚蒙蒙亮，就会听到父亲拿起扁担挑起水桶走出大门的声音，甚至可以隐隐约约听到水桶碰撞井沿青石的声响。一会儿，还会听到父亲挑满桶回来时扁担发出的"吱扭吱扭"的声音和向水缸里倒水的哗哗声。

　　父亲把美好的一天从老井里挑回，母亲便开始为家人烧水、煮饭、洗衣，忙活家务，一刻也不闲着。穷苦的日子里，母亲用老井的水煮出了一锅锅生活的温馨和甜蜜。

　　这段文字声情并茂，诗化般的语言，给人以美感，异样的修辞方法，用"挑回"的时间，代替清凉甘甜的井水，用"煮出的""温馨和甜蜜"代替香喷喷的饭菜，运用借喻手法，以抽象代具体，给人以遐想，饶有兴味，淋漓尽致地表现出人们对美好生活的向往与热爱，以及对老井的溢美之情。老井还是一个娱乐和文化活动的场所：

　　劳累了一天的村民、经过的路人都会在老井旁停留一会儿，或打上一桶水，痛快地喝上一气，或天南地北、家长里短地聊上一通。个别油腔滑调的男人还会和在老井旁洗衣服的小媳妇们打情骂俏一番。当然，在小媳妇们群起攻击之下，他们总会在一片笑声中落荒而逃。

　　每年农闲时，总会有一连几天的扬琴戏在老井北边空旷处开演。这几天是村里最热闹的时候。太阳还没有落山，小孩们早早就来到老井旁占好地盘。……月光下，说书人被里三层外三层的村民围在中间。扬琴一敲，精彩的大戏开始了。高潮处总是嘎然而止，也算是卖个关子。等说书人喝上几口老井里打上来的水后，下一段说唱表演又开始了。

　　一方水土养一方人。作者简约的描述，勾勒出当地浓郁的民风民俗，老井不仅养育了一方人，还孕育了一方文化，带给人们精神上的乐趣，作者坦言也从老井这里接受了文化艺术的熏陶。老井的功绩载入史册的远不止这些，老井还让一方人的生命得以延续。在那些干旱的年月，人们从老井中取水，担挑车运到庄稼地，人们一勺一勺舀老井水，一颗一颗浇庄稼，老井"让人们收获了一年的希望"。随着社会的发展，环境的污染加剧，老井也难逃厄运，人们只好忍痛告别老井，用巨大的青石封住了井口，历经数百年风霜的老井与人们不能谋面了。与人们朝夕相处，养育人们的老井告别，心中的难以割舍的情感是无法用文字表述的，但对老井的记忆则永远不会消失。作者用饱满深情的笔墨写到："每次回乡下老家，路过井旁，我总会深情的望上几眼，当年那口清澈甘甜的老井给我留下许多温馨、美好的回忆，让我至今难忘。"

散文《老屋》用意识流的手法描摹记忆中的老屋，一砖一瓦一窗一椽一栋一梁都带给作者童年记忆的温馨，亲情的天伦之乐，老屋镌刻着成长的心路历程，老屋是儿时的天堂，墙上挂满了姐弟们的奖状。老屋还承载着晾晒豆角、萝卜、菜种子、芝麻的繁重任务。随着年轮的增长，老屋毕竟苍老了，至今已破败不堪，干枯的老树横斜在老屋墙框上，屋顶已经坍塌，瓦片完全脱落，门上的铁钉也锈迹斑斑，墙体断裂处、瓦楞上许多枯草的断茎当风抖着，老屋显得异常萧条和荒凉。看到此情此景，作者心中泛起淡淡的乡愁，但没有伤感，而是用积极心态去面对老屋，赞美老屋如同一坛陈年酒酿，愈老愈醇香；老屋是灵魂深处的家，一艘永不沉没的诺亚方舟；老屋是灵魂的牵挂、生命的根。作者用情绪、意象、感觉贯穿作品，容量大，节奏快，自由性强，极具动感与张力，用独特的艺术手法，收到良好的审美效果。

三、独具个性的艺术特色

散文写作是作家对自然界、人类社会等客观世界的深刻体验与艺术再创造，更是作家心灵的倾诉、生活在线的真实"自传"。郭世明先生的散文创作是情感、生命与理性、文学的深度交织。不论是描写浓浓亲情的散文《父亲》《娘》，还是描写淡淡的乡愁散文《家乡的老井》《老屋》《早春飘来荠菜香》《故园香椿树》等，都浓笔重彩写"真情"，字里行间,寄寓着作者浓浓的乡情和亲情。散文《汉城荷花又飘香》抒发作者对荷花赞美和喜爱之情。法国雕塑家罗丹说:"艺术就是感情","情"是文学艺术的生命,没有感情这个品质,任何笔调都不能打动人心。作品重"真情",也从而避免了散文创作的稀疏浮泛,空洞无物。郭世明先生对生活有执着的爱,文学是从作者心底自然流出的滴滴清泉,作者情绪的波流,萦绕、涤荡着读者的心灵,文中浓浓的亲情、淡淡的乡愁,让人永志难忘。

郭世明先生散文笔法娴熟,有的直抒胸臆,有的运用象征等手法,融记叙、描写、议论、抒情于一炉,使用拟人、比喻、借代、通感等修辞方法,组成了情真意挚、色彩纷呈的艺术画廊。作者从大处着眼,小处落笔,老井、老屋、香椿、荠菜等都成为作者笔下的精灵,让读者领悟了社会大潮的起落、时代的变迁,人物心灵深处的秘笈。文章高屋建瓴,意物相称,意物相符,"物—意—文"三者平衡一致,浑然一体,意境深邃,达到至臻和谐的境地。

郭世明先生的散文运用"清水出芙蓉,天然去雕饰"的个性化语言,在自然简朴的描述中寄寓了丰厚的意蕴,读来分外亲切感人。散文语言具有声韵的美,长句短句交相辉映,骈句散句回环婉曲,平仄相间给读者带来参差交织,错落有致的美感。

　　漫步荷塘,垂柳依依。放眼望去,烈日下尽是耀眼的荷花、惹人的莲蓬和碧绿的荷叶。荷叶田田,绿盖叠翠,碧荷连天,翩翩起舞,曼妙至极;荷叶竞秀,千娇百媚,风姿绰约,亭亭玉立犹遮面,缕缕清香付伊人。

　　"荷叶送香气,竹露滴清响。"神韵万点落墨玉,荷叶带雨着风流,风携着荷的清香,雨带着花的神韵,风跟荷动,荷随风摆。凉凉习习风,点点滴滴雨,为炎炎夏日增添了一抹凉意,给夏日荷塘带来一种清新宁静、闲适雅逸。雨后芙蓉，天然去雕饰，白里透红，清丽脱俗，温润如玉，晶莹剔透，冰清玉洁，似贵妃出浴，又似佳人在水一方……一幅水乳交融、墨韵十足的荷塘水墨彩画呼之欲出。

  作者对荷花塘的描写有静态的妩媚美，也有动态的绚丽美，多维的立体的呈现荷花塘绚丽多姿的色彩美，有声有色，可感可触，清香沁人心脾，玉洁撩人眼帘，犹如一曲轻柔优雅的小提琴曲，富有音律的美感。散文语言平仄相间，双声、叠韵错杂，"依依""田田""亭亭""习习"，叠字的运用，组成和谐的音韵美，产生拨动人心弦的艺术效果。

  郭世明先生的散文创作"遵从自己内心的意愿"，篇篇文章都是作者人生经历的点滴记录，字字句句融入了作者的生命激情与挚爱。作者把生命意识、社会意识、人情世态放在整个生命历史进程中去思考，去表现，对时代进步与社会发展表现出一种宽容与超然，形成自己独特的创作方法和独特的个人风格。散文创作突破了"形散而神不散"种种框框的束缚，写作手法从传统走向现代，写作内容既有"非虚构"的真实又有表现手法上的艺术加工，散文创作表现出作者现实主义的本真与深邃，浪漫主义的浓郁与强烈。丰富多变的叙述角度和艺术表现手法，大大增强了散文的渗透力、伸张力和表现力。

  篇篇美文言之有物，言之有情怀，言之有深思，情怀细腻，文辞丰茂，内蕴丰美。时代呼唤这样美好有温度的散文，社会需要这样高尚又真情的散文！

真爱生深情　妙笔谱华章
——拜读郭世明的散文集《乡土恋歌》

王景陶

郭世明是个热情、善良、重情重义的人，所以当拜读他的散文集《乡土恋歌》时，总会不断感到从字里行间溢出的都是他的爱：爱家庭的一人一物、爱故乡的一草一木、爱师友的一言一行……他爱得真挚、爱得深厚，这是他散文的灵魂，也是散文创作成功的前提。世明因爱而生真情，情动于中而必形于外，于是，作为一名作家，他自然把满腔赤子之情灌注到文字里，同时巧妙运用自己的才华，才让我们欣赏到这本用真情洗涤人心灰尘、用艺术陶冶人之情操的美好文集。

文学的本质是始于感情又终于感情的，无情难以成文，好文必有真情。刘勰在《文心雕龙·情采》篇中指出："故情者文之经，辞者理之纬，经正而后纬成，理定而后辞畅。此立文之本源也。"法国启蒙思想家、哲学家、文学家狄德罗也说："没有感情这个品德，任何笔调也不可能打动人心。"可见古今中外都把作者的情感作为写作的前提与文章的灵魂。郭世明作为一名卓有成就的作家，当然深谙此道。于是，他首先是用感情去写作，然后才用妙笔去润饰感情。而他感情的核心只有一个字：爱！他的爱首先倾注在自己最亲密的家人身上，全书第一辑集中表现了自己刻骨铭心的亲情。读这些文章会深切感到其行文中时时有一股感人至深的沉甸甸的亲情之碧溪在自己心中汹涌流淌。作者与父亲、母亲、外祖父等写作对象之间是一种具有血缘关系的人世间最亲的一种关系，是人世间任何力量也难以从根本上割裂和扼杀的坚韧的骨肉相连的关系，正是基于对这种至亲至爱的亲情关系的感觉与认知，郭世明写出了他们每个人物的真实人生，写出了他们各具个性的一生或片段，写出了他们对自己的恩情、关爱与影响。当然，也写出了作者对他们的怀念、理解和依恋。《娘》着眼于母亲贤淑的品德、善良的言行、大度的胸怀；《谎言》从知悉母亲胃癌晚期住院手术写起，直到术后十几年母亲仍健在，这一漫长而短暂、焦愁与欣喜的阶段既显示了子女的孝顺、更显现了母亲对子女的关心、事事为子女着想的慈母情怀，读来令人感慨不已。《父亲》和《生产队长》都是写父亲，而其着重点不同、正如老舍所说："必须抓牢每篇的重点，没有重点，就不能成其文章。"这二篇中的前篇着重写父亲住院治病期间父子两代人的感情交流，既有长辈对晚辈的关爱叮嘱，也有晚辈对长辈的尊重理解，也有父子两代人共同的欢乐与忧愁，淡然和焦虑。后者则截取父亲一生最具有成就感——任生产队长这一人生阶段，浓墨重彩书写父亲如何带领乡亲们战天斗地，度过那个艰难时代，使父亲成为十里八乡有口皆碑的农村基层领导。这就把父亲在土地上辛勤的劳作和父亲的日复一日、年复一年的岁月更替交织在一起，彰显了父亲作为一个农民的命运，作为一个父辈人的一生，作为一个农村干部的成就，同时也彰显了时代的辙痕，写出时代的前行。不仅由此升华了作者作为子辈对父亲人生命运的理解，而且也蕴含着对历史的了解。其余如写外祖父以"献身教育、谋福乡邻""爱众亲仁德荫桑梓，育英兴学品重芝兰"为骨干；写大嫂以其上孝老、下顾小的辛苦操劳为重点，都是如实表现并正视亲人们的生活、生存轨迹，并且正视不变的亲情和正在时时变化的时代社会在人们生活中那悄然的而又无所不在的影响，这也正是文学理论所主张的"在现实的发展变化中表现现实"的创作态度。而且，我们可以看出世明在写作时是老实的、诚恳的，他是从日常真实的琐事中，从难舍难分的情感中提炼出了农民的生存哲学与生命哲学的内涵，阐发了具有普遍意义的"作为人的农民"关于生存、关于命运、关于人性人格以及关于他们的可以改变与不可改变、勤奋与幸福、关于老少亲情血浓于水的思考，从而表达了先辈们和自己对生活的热爱与努力。所以，这些文章尽管数量不多，却在文集中占有重要地位，一则他们是世明感情集中的焦点，二则他们都能由个人而引申到社会、时代层面上去，使典型的个体具有整体的代表意义。

第二辑"师友至情"，同样是写人，其间有老师、有同学、有文友、有画家、有作家，他们性格各异，命运不同，生活轨迹也极少雷同。世明文笔下写的都是真相，说出来的都是实话。叙事，他有客观上的真诚；抒情，他有主观上的诚实；议论，他有事实上的厚重。因此，他写出了师友们只属于自己的个性特点、生活遭际。但他又把握住了二个共性：一是他写人，不仅是靠回忆，更是靠思想；不仅是靠文字，更靠理解，无论写谁，他都是真心理解，真诚描述，真实再现。而在"真"中表现了主人公们各自卓尔不凡的品德与成就，同时表现了自己对他们的真挚的情感。这种挚情犹如一轮悬在高空中的明月，照亮了笔下的每一位师友。如《曾记得》通过与周沛生的几次交往，照见主人公的高风亮节及对自己的关怀、影响、帮助，并自勉："如不能待人以诚，育人以德，与人为善，淡然自处愧对先生。"表明周沛生对自己春雨润物的滋养，文尾感伤："想到先生，今泪水虽已不再见，但我心里其实更悲伤。"人悲到极处，方才能欲哭无泪，以心悼念先生，当为真诚。作者至情，可窥一斑。不但对交往甚厚的亲友如此，世明之爱也撒向所有认识与不认识的人。他的爱之光芒照亮了沛县人民医院护士们忙碌的身影，照亮了三尺讲台上各位老师，照亮了徐培晨画中的猿猴、徐思田笔下的山羊……可以看出，世明珍惜生命中的每一次相遇，珍惜生活中的每个场景，无论亲人还是师友，他都心怀感激，情深意重。二是他笔下尽管人物众多，而且有些人职业、生活环境相同或相近，但却没有任何单一性、平面化和雷同。他通过敏锐的观察，深入的了解，准确地把握住每个人独特的性格特征、情感经历、生活轨迹。世明对他们也有不同的理解、不同的情感。他把每个人最重要的异于常人之处，用心娓娓道来，如条条清溪流淌着各种颜色的花朵，送来不同的清香和让人赏心悦目的美景；他笔下的徐培晨"布衣打扮，毫无考究，地道的农民形象，少了份大学教授的大气、霸气，多了份农民的质朴和真诚"通过形象展示气质；同是画家、教授，他写徐思田则是其画作中的"山水逸气，田园野趣作品与他性情爽直、天然淳朴的性格和艺术追求相得益彰。"而油画家周立新的创作态度则是世明叙写的重点："面对灯红酒绿，车水马龙的世界和日益浮躁的灵魂，立新依然能气定神闲，俯身画案，力学苦究，静下心来，守住心灵的港湾，能够不计名利，真诚创作，锲而不舍。"以其严肃认真有责任的创作态度折射其优秀人品。由"爱"而了解写作对象，因"真"而使文章富有感染力，因"巧"而使读者有了阅读快感。可以说，世明在人物描写上的成功，是写出了同样作为"人"，而且是与作者关系密切的人那种普遍的"共同性"中不同的个性，不同的作为"个性的人"的个体性。再加上他创作前的"爱"，创作时的"真"与"巧"。才把主人公的客观存在变为艺术品，这是世明写人散文的重要特点。

　　值得重视的是文集中世明有几篇是写自己的散文，写自己的书房与读书，可知他知识渊博，学养深厚；回首自己的2017年，既有自豪，又有鞭策；总结自己2018年的文学创作，既有收获，又有不足。"人贵有自知之明"，能清醒认识自己，是一种难得的修养，"吾日三省吾身，"是一种高尚的品德。他强调"清净浮躁灵魂是我每天的必修课"，他要求自己"白天事业，晚上文学。继续做有温情有热度的教育人。"他回首成就，欣慰自己不负芳华；他展望前景，提出努力目标，砥砺前行。我们因之得知：郭世明既是一位有着不菲成就的教师，又是一位几欲著作等身的作家，还是一位有着永不满足、永远进取的向上之心，有着真情实意的人，他创办微信公众号"汉韵楚风"，在幕后默默为作家作者们服务，开创了一片崭新的文学天地，令人敬佩。更让人尊重的是他在《2018，我的文学新菜单》里明确提出自己的创作原则："关注社会现实，关注底层群体、挖掘生活的真谛，讴歌美好……仍会一如既往关注探究当代人的心灵世界，写出自己对人生和文学的思考，写出自己认为比较完美的文字。"他是把文学当作了一项神圣的事业去做。

　　世明不仅把满腔挚爱撒向亲人、老师、朋友，而且撒向故乡大大小小的物件：自家居住过的老屋，乡亲们共饮的老井、娘亲手调制的香椿、马齿苋、荠菜……都在他笔下展现自己的风貌，重新溢出清香，其间不乏神来之笔。如《老屋》里写道："老屋的右前方曾经栽着一棵梧桐树，又高又大……是四十年前父亲亲手栽下的。那年我还见到父亲刨树时曾经偷偷落泪。"让人不禁想起归有光的《项脊轩志》的结尾："庭有枇杷树，吾妻死之年所植也，今已亭亭如盖也。"从内容上讲：郭文因父生而栽，归文因妻死而植；从情感上说：郭文先喜后伤怀，归文先悲后伤感。但其艺术手法如出一辙，在文中都是画龙点睛之笔，充分展示了睹物思人的艺术特点，让人过目难忘。《家乡的老井》中的几句："父亲把美好的一天从老井里挑回，母亲便开始为家人烧水、煮饭、洗衣，忙活家务，一刻也不闲着。劳苦的日子里，母亲用老井的水煮出了一锅锅生活的温馨和甜蜜。"诗意的语境里透出老井滋养人类的恩情、父母辛勤的劳作、虽苦难却充满温情的岁月。世明所摄取的材料，不出身边琐事或家务细节或人们平时熟视无睹的物件，但世明把它们从深厚的生活土壤中提炼出来，并把它们与自己的生活有机地联系起来，就形成了这些散文内涵深邃、意境优美的独特风格。《家乡记忆》和《年味》则展开了苏北农村精美的风俗图画，真切自然，丰富有趣。他们共同的特点是文中所记之事都是生活中的小事或年年岁岁无数遍重复着的活动，但都是作者感受很深，历久不忘的，又是一般读者平时只做不往深处思考，只有感觉而不怎么认识的事情，它们一经世明真切再现，便有很强的艺术魅力，所以题材尽管细小，却能深深打动人心，这种"事细而情深"的特色也正是世明描绘香椿、马齿苋、荠菜的风格，而且无论状物抑或描景，他都态度诚恳，情感真挚，蕴藏着生活或人生的哲理，是他自己以及他笔下人物人生经验的总结和生化，它道出了世明洞识人生的学问和机智，证实了世明热爱生活的态度，显示出全文广博姿肆而笔笔收放得体的功底。且看《我爱马齿苋》中的几句："人生如同马齿苋，有苦有酸，有香有甜，有情有意，做一棵普通而有益于他人的马齿苋何尝不是一种幸福呢？"由物及人，联想自然，赋予植物于人生的经验与品质，这种妙语机锋，恣肆飘逸与凝重温厚融于一体的文笔，几乎篇篇可见。它们再一次证明了世明力争让自己的作品尽可能给读者以阅读的美感、心灵的收益、情感的温暖的创作宗旨。

至于第三辑《心曲咏真》中的写景妙文，世明同样显示了他的真诚大爱：他一边尽兴于自然景观的描绘，从中流露出他对自然的热爱、向往及其平和的心情，一边从自然景观中挖掘其人文价值与其所蕴内涵。我国最早的散文是记言、记事的历史散文，描写自然景观的散文约出现在魏晋之际，它从此使散文走向更广阔的天地。此类散文最忌的是冷漠的纯客观的描摹，而要求作者把风花雪月融入自己的思想情感，使其小中见大、言浅意深，正如郁达夫所言："一粒沙里见世界，半瓣花上说人情。"而只有热爱自然和生活，善于体察物理人情，善于想象和发挥的作者，才能于平凡的题材中提炼出不平凡的、独特的寓意，使文纯而意繁。世明亦是此中行家里手，他颂《秋》之章，卒文显志，引艾青名句："为什么我的眼里常含泪水？因为我对这土地爱得深沉……"表自己之爱。从只颂秋这个季节，他进一步写到故乡沛县之秋："沛县的秋天是醉人的"，"沛县的秋天是静谧的"，"沛县的秋天是厚重的"，"沛县的秋天是收获的"。把时间上的秋与地理上的故乡融在一起，是颂秋，更是颂故乡。他所写的安国湖湿地、他描摹的荷花、他赞美的雪，实质上都是故乡的化身。故乡的秋美、故乡的雪洁、故乡的荷香，真是"月是故乡明"啊！世明是利用这些景物来表达自己对故乡的一腔痴爱。

而且世明善于运用多姿之笔书写多情之景，他的文笔时而平远清隽，时而瑰丽多彩，均饱含着真诚。加上他知识渊博，善于引用古诗词，更给文章增添了神韵。好的作家作品总要承受吸取前人的精华和今人的智慧，将其熔于一炉而重铸美词。像《汉城荷花又飘香》广采博取古诗文，既平添知识的雅趣，时时透露出世明追求真趣深味的情致，又有蕴藉的风格。这与他写人的文章不同，他写人运用的是质朴清浅、亲切自然的语言。根据写作对象的不同而使用不同的写作方法和语言特点，也是这本文集的特点之一。

记人，世明一般凭借典型事例呈露人物主要的性格特征，再以自己对人物的认知，表达自己对他们的或热爱、或亲近、或敬仰的诸多情感，而且把这二者有机融合起来，于是，人物就立起在读者心中。写景，世明承袭了五四时期桐城派先祖戴名世的"君子之文，淡焉泊焉，略其町畦，去其铅华"的要求，语言平实自然，绝少有华丽绮糜的比喻，也避免使用生僻字词，更不滥用新奇词汇以彰显学识，而是语出自然，平淡简单而有余味，"马齿苋出生卑微，是贱草的命，普通的花，任凭风吹日晒……照样长它的叶，照样开它的花。"（《我爱马齿苋》）但在《鸟啼知四时》里处处有诗样的语言："沧海桑田话苍狗，绿水青山带笑颜。""姹紫嫣红是春的柔情，黑云翻墨为夏的热烈，累累硕果属秋的辉煌，皑皑白雪则是冬的苍茫。"用词瑰丽而准确。读世明的散文，我们可知：真正能美化文章的是生活，生活中提炼的语言才是有生命力的语言。

　　我与郭世明老师相交甚浅，至今未曾谋面，但读文而识人，洞知世明之品行。故不揣冒昧，草书肤浅之言，献给世明与方家。

欲知故乡事　只需郭世明
——郭世明其人其文印象

徐慧

说实话，一句不落地读完郭世明的散文集《乡土恋歌》，我的心灵是震撼的，震撼于他对久远乡愁的深情咏唱，震撼于他对故土人物的精准刻画，震撼于他对故乡风可吟、云可看、雨可听、雪可赏、荷可观、月可弄、水可玩、石可鉴的细腻描述，震撼于他的半雅半俗、亦庄亦谐、深入浅出、入情入理的性灵独抒。如与高僧谈禅，如与名士谈心，似雕琢而未尝有痕迹，似散漫而未尝无伏线，欲罢不能，欲删不得，读其文如闻其声，听其语如见其人。

让我想起林语堂。这，还是我一块光腚长大的发小吗？这，还是我那位中学时代的同学吗？我点燃一支烟，强迫自己静下来，把久远的往事与现实中的拉扯一一链接；然后，把郭世明的人与他的文字一一对比参照；然后，仍然自信地得出一个结论：是！

不必士别三日，亦不必刮目相看。有什么样的来路，就会有什么样的归途。这，也许就是冥冥之中的启迪和昭示吧。于是，对世明其人其文诸多片段就豁然间明朗清晰起来。

世明有提笔成文的禀赋。世明经常自谦地说自己是半路出家，这符合他低调、不显摆的性格，但在我眼里，这并不符合他的真实，尽管他并不虚伪。中学时代，因为课业繁重，印象中的确没有像我那样表现出对文字的特殊爱好和痴迷。但是，不专注、不显示甚至不提笔，不代表世明不具有"不着一字、尽得风流"的文学创作禀赋。上大学时，他已经开始牛刀小试。这点，在他的第一部文集《教海探航》后记中已说得明明白白：在大学校报上发的一首小诗，不能不谓之他文学创作的起点和标识。之后，在学业、职场的跌宕中，他与文字的因缘际会恰如"金风玉露相逢"。教书育人的职场自觉，加上沛中十三年办公室主任的责任担当，使他自然而然地完成了与文字的默契对接，从公文写作到新闻写作，再到文学创作，交替促进，相得益彰，他沉淀太久的文学创作禀赋，自然如井喷泉涌、如春光乍泄、如秋风初临。短短几年时间，他就相继出版了《教海探航》《美的教育》《乡土恋歌》等多部作品和文集；几十篇十几万字的散文及非虚构文学在多家国家级刊物发表，其中《汉城荷花又飘香》《早春飘来荠菜香》《故园香椿树》《我爱马齿苋》等多篇散文被收录初高中生语文考试教材，《早春飘来荠菜香》还入选全国三十个省五万考生参加的徐州市教师入编考试试题，《醉美安国湖》还被国家级网络媒体转发，阅读量达八十万人次。除此，还成为中国散文学会会员、江苏省徐州市作协会员、沛县作协副主席，实乃实至名归，名副其实。

我所说的禀赋，并不仅指这些俗世的观感，而是还指先天赋予的深藏在身体和灵魂深处的精神特质。我早就说过，世明是个有心人，他把故乡的一草一木、一人一事都无声地纳入他的记忆中，像一潭深水，平时波澜不惊，一旦激发，就会如黄河之水喷薄而出，这在他的诸多文字中，均有出色呈现。说实话，与我，别说童稚之时的调皮捣蛋、天真烂漫,就是青少年时期的挣扎辗转和故乡风物,早就淹没在奔流不息的时光河流之中,而世明,却一点一点地把它们拾起,变成美轮美奂、深情涌动的故乡记忆。如他写的《老井》,也是我故乡的老井:"年龄小,不敢站着低头向井里看,只好伏在井边青石上,双手紧紧扒住井边,把头慢慢伸过去,小心翼翼地观看着,丝毫不敢弄出声音来,怕惊动了井里的青蛙。"再如他写的《母校食堂》,也是我的食堂:"食堂师傅总是及时地把做好的饭菜盛到盆里,放到固定的就餐地点。每个班级的学生都有自己固定的就餐位置,男生和女生往往是分开桌子吃的。所谓桌子,就是在简易棚子下垫起来的楼板,四十公分高,三十公分宽。没有凳子坐,就餐时,或站或蹲,调皮的学生有时还会把一只脚放在桌子上,一手拿馒头,一手把筷子伸向桌子上的菜盆。"再如他写的《我的老师》,也是我的老师:"梅家杰老师是我的物理老师。他性格内向,平时不苟言笑,与人交往少。但一到课堂上,展现的却是他的能言善辩、幽默、风趣的一面。听他上课感觉像是在听相声,又好像是在拉家常。他能够把每一节课都讲得那样生动、有趣。那些枯燥、乏味的定理、公式从他的嘴里出来竟然可以是那样的轻松、愉快、有趣,让人忍俊不禁。"读他的这些文字,唤醒了我久远的故乡记忆,恍若几十年前的事情,又重新回到眼前,不能不让我发出感慨:真是欲知故乡事,只需郭世明!而有心把故乡久远的往事清晰如昨地从记忆里信手拈来,恰恰是一个有从文气象格局的人最基本的禀赋。

世明有察纳雅言的胸襟。记忆中,小时候的世明就是一个不争不辩、谦和自持之人,有则改之无则加勉的胸襟气度如影随形。几十年下来,历经学业的洗礼、职场的跌宕、生活的磨炼,如今更显沉稳坦荡。记得去年,他把他刚刚写成的《我爱马齿苋》这篇散文发给我看的时候,尽管这无疑是一篇像小百科一样丰富的知识美文,尽管也勾起我对马齿苋的美好回忆和乡愁，尽管此文被《散文百家》发表还被纳入初高中考试教材，但是，直觉告诉我，没有个人鲜明风格的文字无疑是堪忧的。现在，铺天盖地的文字，几乎都是千人一面，这怎么可能出现独具个性的惊世骇俗的作品？怎么可能顺利实现文化自信？特别在散文创作方面，更是难见真性情。实际上，多少名家都有苦口婆心的善意提醒。散文大家孙犁曾说："文章做到极处，无有它奇，只是恰好；人品做到极处，无有它异，只是本然。"贾平凹也说："你怎样对待自己，就怎样写散文。"想至此，我直截了当地告诉世明："你不能这样写，你一定要用自己的笔写自己的文字！如果只把文字作为自娱的一种手段，你可以这样写。如果你还要赋予自己的文字有感染别人的社会功能并只属于你自己独有表达方式，你必须从自己最熟悉的、最深刻的、最难忘怀的、对自己影响最大的人情物理入手，然后再根据自己的视野、格局、禀赋和兴趣积淀慢慢扩展。"

当时，世明只是笑笑，既没反驳，也没首肯。而说完这些，我立马就后悔了，我还真的担心这些话是否刺伤了世明深藏的自尊。但是，接下来，世明的改变就让我倍感欣慰和震撼！一篇篇让人为之动容的散文如一只只振翅的小鸟，从故乡那棵梧桐树上飞向辽阔，身影宛若重生的凤凰！如：《娘》《父亲》《我的外祖父》《生产队长》《大嫂》等。然后，题材的宽度、高度、长度、广度、深度也明显得到延展，从小我的亲情、友情、恩情、故土乡情，逐渐扩展到大我的自然、社会、人生及家国天下的赤子之情。一篇篇散文的标题就脉络清晰地展现了他的散文创作的蜕变和升华，如：从《老井》《老屋》到《故园香椿树》《早春飘来荠菜香》，从《我的老师》《东方猴王徐培晨》到《天使之爱》《初识钱梦龙》，从《沛之秋》《安国湿地在等你》到《梦幻周庄》《长白山之行》，从《人生如戏》《风景最美是文明》到《民意不可违》《莫让法规绑架了道德》等，在这一点上，世明以直面人生的勇气，自觉融入到世间的纷繁，避免了一己之悲欢的小我，从林语堂式的观者心态中站起来，实现了更高意义的悲悯哲思。如他在《民意不可违》中所说："那种凌驾于人民之上、逆民心而动的行为，无论怎样强词夺理，怎样极尽表演，怎样强力推动，最多只能得势于一时，最终还是要遭到人民唾弃，注定要失败。"——尽管此类文字不是他文本的主流，但有一处也足够敲响警示的梵音。这一切自然来源于他从善如流的胸襟气度。

实际上，他的文本还是主要聚焦在大汉之源的这块故土上。如他的《安国湖湿地在等你》："车从安国湖湿地西门进入。首先映入眼帘的是水质净化区和现代农业观光区。道路两旁，水杉立岸，垂柳依依，飞鸟游鱼，水流花开，自得其乐。再往东行，千亩荷塘，映入眼帘。墨绿延绵，一望无际，荷叶田田，莲花绽放。看那荷花，红的娇艳，白的可人，或含苞待放、娇艳欲滴，或芙蓉出水、清香四溢，还有的凝眸含羞，沉默不语，宛如一位娴静美丽的女子，似在展示着帝王乡的柔美风情，似在静待游人前来如约赴会，又似在静等能读懂自己的心上人，牵手一生了红尘。"再如他的《汉城荷花又飘香》："含苞的，含蓄内敛，静如处子，虽才露尖尖角，却早有蜻蜓立上头；待放的，犹如娇羞的少女，犹抱琵琶半遮面，欲语还休，又像圣洁的童子面，光鲜可人；绽开的，浓妆淡抹，迷离人眼，阳光辉映下，色彩娇艳别样红；走近了，可见黄白相间，红绿错落，花叶相依，莲蓬点缀，清香缕缕，沁人心脾。绽放的荷花洋溢着人生的热烈和奔放，结实的莲蓬呈现出生命的厚重与沉稳。粉色的、红色的、黄色的、白色的，绿色的，各种颜色参差交错，绵延宕开，一幅广阔无垠、浓墨重彩的日下荷塘风景画铺展而来。"——我不能不承认，相对于中国九百六十万平方公里的广袤国土，我的故乡沛县，尽管是"千古龙飞地，一代帝王乡"，尽管是"大汉之源"，但是，她的地域无疑是狭小的，如果仅仅沉沦满足其中，甚至是狭隘的，久而久之甚至还不自知。但对于心中自有沟壑的人，这种地域的狭小，恰恰既是一种束缚，更是一种成全。须知，区域的，恰恰是民族的；民族的，恰恰才能成为世界的。谁能说沈从文笔下的独具民族魅力的湘西风情，不是世界的呢？！当然，到了一定时候，哪怕身居斗室，也要有让自己的灵魂走向更为广阔的思维空间和更高站位的平台视野的求变自觉。

世明有幽默风趣的因子。我和世明是性格截然相反的两类人，我属于意气风发、随时随地都能侃侃而谈的那种，而世明是温文尔雅、极少言语的那种，但只要他一开口，必有让人会心一笑的魅力语言。用我的话说，这家伙庄谐有度，鬼着呢。印象最深的是预考后，我们高三文班教室里突然显得空空荡荡，心里很不是滋味。学校竟然此时让我们清理桌椅，还是恢复到两个人一张课桌，把多余的课桌都搬出去。彼时，我是班长，对学校的这一要求特别反感，就不让同学们搬，同学们也的确都不愿意搬。下午，老师见没有动静，就发火了："有你这样的班长吗？学校管不了你了？我就不信！"老师把桌子拍得震天响，把粉笔盒都震掉在地上，对着我就是一顿狂风暴雨般的训斥。我的态度也十分恶劣："谁爱搬谁搬，反正我不搬！"我也气得拿起书就要离开教室。

正在都退无可退之时，郭世明突然大声说："五月十五日，戈尔巴乔夫要来中国！"仿佛半路上冒出来了个程咬金。同学们一听哈哈大笑，紧张的气氛登时缓和了不少。此时正有气无处发的老师像发现了新大陆："戈尔巴乔夫来中国和你有什么关系？戈尔巴乔夫来中国还能让你翻了天？！"说着就要来扭世明，世明立马站起来，笑着说："老师，你看看，报纸上说的，五月十五日戈尔巴乔夫要来中国。"说着拿着报纸就往老师身边凑。俗话说有拳不打笑脸人，老师没办法，只得气呼呼地走了。

——那时，世明的幽默风趣就起到了化干戈为玉帛的功效。因之，他现在的散文中，总是喜欢把很在意的事说得似乎很不在意，把很有情的事写成似乎颇不经意。比如他的小品文《哥哥你错了，姐姐没错》：一考生将"昧昧"错认为了"妹妹"，写成了"妹妹我思之"，极尽缠绵绮丽之语。考官看了卷子后哭笑不得，于是提笔在旁批了五个字：哥哥你错了。接着，话锋一转，扯到外交部例行记者会上华春莹的"神回答"：华春莹恍然大悟，随后哈哈大笑道："啊！那个香香，我以为你说杉山（日本外务省事务次官杉山，据说日式英语发音"香香"和"杉山"谐音）"然后世明得出：看样子，日本人学的英语也算是输在起跑线上了。可见，古今中外，学习语言文字都非要下苦功不可。——真是百折千转，万变不离其宗，又庄又谐，让人忍俊不禁。充分展示了世明幽默而不荒唐，热心冷眼看人间的旷达自喜，妙趣横生。这因子用在散文创作上，无疑又为他的散文增添了一道让人过目难忘的特殊韵味，像绕梁的余音，总能给人以耐品的回味。

世明有敦厚宽仁的涵养。熟悉世明的人，都对他的敦厚宽仁印象深刻。多年从事教育系统办公室和服务管理的他，如果不具备这一品格，也不会得到教育系统内外的广泛认可和好评。曾做过沛中校长的陈荣海同志评价他："他留给我的第一印象是：忠厚老实、精明能干。在后来的工作、交往中也证明了这一点。"并且对世明教育教学上的成绩如数家珍："他熟知教育教学规律，有较全面的教学理论知识和较高的教育教学水平。他是徐州市青年骨干教师，沛县拔尖人才和沛县语文学科带头人；他是徐州市高评委专家库成员，省、市教育学会会员；他两次参加江苏省高考作文阅卷，并被评为优秀阅卷员；他主持完成了中央教科所《传统文化与中学语文教学》国家级立项课题、市级立项课题多项；在国家级、省级刊物上发表专业论文二十余篇；出版十余万字的教育教学专题论著《教海探航》一部，主编沛中校本教材六部，其中《汉风流韵》获中央教科所科研成果特等奖。"

在文学爱好上,他的敦厚宽仁,更多的体现在为别人着想、为他人做嫁衣及公益事业上。在繁忙的工作之余,他创办了"汉韵楚风"微信公众号平台,本来想"自娱自乐",不料有的文章一经推出,就迅速被转发,点击量迅速过千甚至过万,经平台刊发的三百零八篇原创文章有八十余篇次陆续被《散文百家》《千高原》《楚风》等全国有影响的杂志和省市县级报刊转发,成为徐州地区有广泛影响的纯文学微信公众号,好多有相当影响的文化名人也在他的平台推出原创首发作品。此外,他还积极参与沛县《大风歌》《歌风台》等文学刊物的编辑工作,用他的话说:"参与公益事业,的确很累,但忠实粉丝这么多,再累,也不能对不起粉丝们。"——由此可见,恰是他的敦厚宽仁支撑着他一步步走向更加宽广的未来,人生哪有太晚的开始呢?

他的敦厚宽仁,体现在他的散文创作上,就是时时处处都是真情实意的自然流淌和与人为善情怀的百回千转。正如沛县文化界名人吴广川先生评价的那样:"我喜欢世明的散文,它把我带进了那个难忘的年代。""从艺术上感受世明的散文,多有可取之处。他的散文温暖、美好、淳朴、真诚。文中没有那些虚浮的花里胡哨故弄玄虚的东西,而是实实在在的坦诚,真真切切的纯真。美好的回忆,似阳光普照,春风拂面,给人以怡情快乐,更给人以鼓舞和力量。""世明的散文创作颇具个人特色,特别是他的乡土系列作品有滋有味原滋原味,不写情却有情,不煽情却动情。"

吴广川先生说世明的散文"就是一幅苏北乡村的历史画卷"。恰与我对世明的散文看法一致。而我更想说的是,特别是对"形散神聚"的散文创作而言,文如其人,人品不可能不决定文品。的确,有的文字,也只有从敦厚宽仁的品格里流出,才是自然的、本真的、可信的,也才能感染人、温暖人、激励人。

世明有淡然平和的心境。世明本来就是一个不争不执之人，如今走在知天命的路上，更平添了一种随遇而安的心境。没有了"山高岂碍白云飞、竹密何妨流水过"的貌似旷达实则偏执，却多了"但得夕阳无限好，何须惆怅近黄昏"的真实怡情达观。这心境，让他的散文创作恰如无碍之水，足以任意西东。而散文创作表现出的冲淡平易，决不是直露平庸，更不是淡而无味，其中充满了作者的感情。文学创作的生命在于有感情，对散文尤其如此。而用白描的手法写出真挚的感情实属不易。而世明恰恰因为他的淡然平和的性格做到了这一点，白描中有真功，舒缓中有深情，自然总能于无声处中给人美的震撼、善的吸引、真的动容。如他写《娘》："记忆中，哪怕我们犯了成人眼里不可饶恕的错，娘也从来没有打骂过我们。娘或是把我们心疼地搂在怀里，动情地讲述娘小时候的事，或是用温柔的手抚摸着我们姐弟的头，语重心长地教育我们，最多是把手高高抬起，然后又轻轻放下，偶尔布满老茧的手掌也会落在我们的屁股上，我们却感觉不到疼。最后我们总会在娘那双闪烁着慈爱、温柔光芒的眼睛面前低下头，表示要痛改前非。"如他写《父亲》："来医院时，我一再提醒自己要坚强，不要在父亲面前流泪。但当我看到病床上有气而无力的父亲时，我内心一阵酸楚，尤其是看到父亲那双孤寂落寞、浑浊无神的眼睛里留下了两行的泪水，我更是一阵揪心的疼痛，霎时间，泪水模糊了我的双眼。"再如他写《东方猴王徐培晨》："徐培晨拉着我的手进了专家楼一楼的一个房间""我们坐在房间的床上，开始了二十年后的第一次谈话，更多的是叙旧。""临别前，徐培晨说：世侄，我给你搞一幅画吧。"——短短的几句话，几个细节，就把一个艺术大师对故乡人的浓浓亲情表现得淋漓尽致。

"天意怜幽草，人间重晚晴"。世明作为我的发小，作为我的同学，因为文字的交集，成了我至今还有联系的为数不多的发小中的惺惺相惜者和心有灵犀者。"浓肥辛甘非真味，真味只是淡；神奇卓异非至人，至人只是常。"这份发小情和共同的爱好，无疑会将我们的后半生更加紧密地相连，欲知故乡事，只需郭世明，想想，就心里暖暖的。更何况还有共同的爱好在山一程、水一程、长亭复短亭地等着我们呢！每当想到这种情形，便会有一种"老夫聊发少年狂"的畅快洒脱在心中荡漾：

我们是发小
我们是苏北农村的发小
在我们童稚的心灵里
那座老屋
那口老井
那一盏盏蜡烛
就是滋养我们成长的红色火苗
一别三十年
你在大汉之源的讲台上
洒涓涓爱流
润无数禾苗茁壮成长
我漂泊南方
将正统的思想
无声地注入
科技兴国的征程上
尽管我们已两鬓斑白
我们也不谈沧桑
我们重新出发

让相同的爱好
为我们引航
那条龙河
那条东边是你、西边是我的龙河
会见证
再晚，也有我们的梦想
再晚，也是我们的大美夕阳